未成線　崖っぷち男たちの逆襲

徳永友

目次

3人の主人公が登場する物語。

暗黒の海。それを崖の上から見下ろしている男の背中がある。
よく見ると右手にナイフを持っている。ナイフから滴り落ちる血。
とその時、腹部に鈍い痛みを感じたと同時にフラリと海へと落ちた。
海中をキラキラと夕日が照らしている。その中、暗闇へと沈んでいく身体――。

【こんなエンディングを迎えることになるなんて……。これじゃまるで俺の伝記映画だ。悲劇、いや、喜劇の物語。こんなはずじゃなかった。こんなはずじゃ……】

第1話　脚本家を夢見る独身、吉野純一　1

――半年前。

「え？　これってコメディだったんですか？」

坂口亜紀がそう声を上げた。年齢は20代半ばのはずだが、見た目が地味なせいか、40代に見える。

ここは六本木にある脚本家スクールの一室だ。教室には15人ほどの男女が座っている。生徒の年齢は20代から50代までバラバラで、どちらかと言うと控えめな人たちの集まりだ。かくいう俺も43歳、中肉中背の完全なるおっさんなわけだが……。

授業はゼミ形式。４００字詰め原稿用紙3ページ以内でショートシナリオを書き、それを集まった生徒たちで回し読みして批評し合う。今は俺の作品を批評する時間だった。

「そうだけど。それが何か？」

「え？　全然笑えませんでした。どっか笑えるとこありました？」

「いや、例えば主人公が告白した時、ヒロインの深雪から〝ありよりのなし〟とか言われて、主人公が〝あり〟なのか〝なし〟なのか、よくわからなくなるとことか……」

「ああ、あれですか。無理に若者言葉使っているのが逆に痛々しく感じちゃいましたけど」

は？　こっちが下手に出てりゃ、なんだその言い草は!?　だいたい、見た目40オーバーのお前に言われたくねえよ！と思うも、グッと気持ちを抑える。だが、坂口亜紀は手を緩めてはこない。

「それに登場人物がみんな古いっていうか」

「古い……。そうかな」

「キャラに一貫性がないっていうか」

「でも、人間ってそういうとこあるでしょ？　こうしよう！と思っても、すぐまた違うことしちゃったりとかさ」

「現実はそうかもしれないですけど、この短いシナリオであちこち感情が飛ぶと、情緒不安定なのかなって思っちゃいません？」

「まあ、そう捉える人もいなくはないかもね。〝なしよりのあり〟みたいな？」

教室内が静まり返る。は？　なんで誰も笑わないんだよ⁉　ヒートアップした議論を軽い冗談で鎮めようとしてやったのに。

「私からは以上です」

坂口亜紀は冷たいトーンでそう言い放つと、会話を強制終了させた。

クソッ……。20近くも歳が離れた小娘にボロクソ言われるこの屈辱。しかも自分がおもしろいと思った作品をボロカスに言われるのは、まるで自己否定されている気持ちになる。

〝お前の恋愛は古い。お前のギャグは笑えない。つまらない人間なんだ〟と。

それからも立て続けに、生徒たちによる批評は続いた。

「主人公がヒロインのどこを好きになったのかわかりませんでした」

「何を描きたかったのか、よくわからなかったです」

「ストーリーにひねりがなくて先が読めました」

辛辣な批評ばかりが続き、言われたことのほとんどは耳に入ってこなかった。そもそも、こんな凡人たちに俺の作品の良さがわかるはずなどない。聞くだけ無駄だ。

そんなやり取りを一角で黙って聞いているのは、現役の脚本家であり講師の宮間竜介だ。歳は28歳。3年前にテレビ局主催のシナリオコンクールで大賞を受賞してから、瞬く間にオファーが絶えない売れっ子となり、今、最も勢いのある脚本家といわれている。生徒たちの批評が終わると、最後は宮間先生が総括する。

「確かにみんなが指摘したとおり課題点は多いとは思いますが、僕はこれがコメディになっていると思うし、〝ありよりのなし〟のくだりとか笑えましたけどね」

ほら来た！　これだよ、これ！　宮間先生はいつも俺の作品を的確に評価してくれる。

「吉野さんの作品には、いつも〝今〟っぽいワードとかネタが入っているのがいいですよね。やっぱりテレビドラマって〝今〟を描くものなので、意識的に〝今〟を取り入れていかないとダメで、そこはみんな見習ったほうがいいと思います」

途端に生徒たちがうなずき始める。散々な批評をしてきたあの坂口亜紀までもが、宮間先生をウットリと見つめながら大きくうなずいている。は？　お前笑えないって言ってたよな!?

「では、今日のゼミはこれで終わりです。皆さん、お疲れさまでした」

宮間先生がそう口にすると、みんなが帰り支度を始める。

「吉野さん、この後少しだけ話せますか？」

「え？　あ、はい」

宮間先生からゼミ後に声をかけられたのは初めてだった。

一斉に俺を見る生徒たちの視線を受けて、少しだけ優越感を覚えた。

「え？　僕に仕事を!?」

思わず声が上ずった。と同時に、自分の耳を疑った。

「はい。吉野さんに合ってるかなって思う案件があって、よかったらチャレンジしてみないかなと思ってまして」

「そんな……僕でよかったら、ぜひやらせてください！」

「そう言ってもらえてよかった。ちなみに、仕事のほうは大丈夫ですか？」

「全然大丈夫です！　仕事って言っても、深夜のファミレスのバイトですし、時間の調整はいくらでもききます！」

この時ほど、深夜のファミレスのバイトが誇らしいと思ったことはなかった。そうだ、そうなんだよ！　いつかこうしてチャンスがめぐってきたときのために、俺は40歳を機に、脱サラして長年夢だった脚本家になるべく、時間の融通がきくバイト一本に絞ったんだ。俺は間違っていなかったんだ！

「じゃあ、さっそく明日13時にプロデューサーをご紹介しますので、企画内容とか詳細はまたその時に」

「はい！　宮間先生、本当にありがとうございます！　精一杯がんばります！」

ボルテージが一気に上がり、ハグしてお礼を言いたいほどだったが、急にテンションマックスのおっさんに抱きつかれたら気持ち悪がられるに決まっているし、そのせいでせっかくの仕事を失うかもしれない。俺は寸前のところでハグを思いとどまった。冷静になれ、戦いはこれから始まるんだ。こういうときに冷静になれない男は決して成功などしない。冷静に、冷静に……。


「ヒャッホー！」

帰り道。夜空に向かって思いっきり叫んだ。冷静になどなれるものか！　脚本家として初めて声をかけていただいた、こんな記念すべき日に喜べない人間など感情が腐っている。そんな奴に人の心を揺さぶるような脚本が書けるわけがないのだ。今日ぐらい感情を露わに喜ぶべきじゃないか。それが人間というものだ。

自分で言うのもなんだが、俺の人生は脚本家になるべくしてあった。本気でそう思う。小学校の時から作文を書かせたらクラスで一番うまかった。ものを書くのが好きで、日記も毎日欠かしたことがない。そんな俺が脚本家への憧れを持ったのは、中学2年の時だった。トレンディドラマブームが到来し、大人も子供もみんなドラマを見て泣いたり、笑ったり、熱狂していた。その物語を紡ぐ絶対的な存在である、脚本家になる！　中学の時には、すでにそう決意していた。

　最初に夢に向かって動いたのは大学2年の夏、20歳の時だった。テレビ局主催のシナリオコンクールに作品を応募した。しかし、一次審査も通過せず、あえなく落選。その翌年、また応募したが、これまた一次審査も通過せず落選。そうこうしている間に、大学4年になった。このまま就職をせずに、バイトをしながら夢を追いかけるという選択肢もあったが、将来脚本家として生きていくならば、社会を知ったほうがいいと思い、就職する道を選んだ。就職先は小さな派遣会社だったが、この会社を選んだのにも理由がある。将来脚本家になったときに、いろんな会社を知っていたほうが、作品づくりの幅が広がると思ったからだ。

　すべては脚本家になるための道だった。30歳まで必死に働き、社会を知ったのちに、脚本家になる。そう考えていたが、誤算があった。年を追うごとにどんどん仕事を任され、役職に就くと、責任感から簡単には辞めることができなくなった。結局、40歳になるまで会社に残る羽目になったが、そのことに後悔はない。今回、他の生徒たちを差し置いて、仕事の話をもらえたのも、今までの俺の人生経験が作品に滲み出ていたからこそだと思っている。そう、過去の自分がいるから、今の自分があるのだ。

小田急線の狛江駅から徒歩15分にあるアパートの1階。そこに俺は住んでいる。間取りは1K、家賃は6万2千円だ。

部屋に入り、明かりをつけると荷物を置き、時計に目をやる。時刻は22時を回っていた。深夜のバイトの時間まであと2時間ある。俺はテーブルの前に置かれた座椅子に腰をかけると、ノートパソコンを取り出し、書きかけのシナリオコンクール用の作品に手をつける。大枠のストーリーはこうだ。

〝ファミレスでバイトをする中年男が、必ず水曜日の深夜1時に店にやって来る20代の女に恋をする〟。なぜ、その女が決まって毎週水曜日の深夜1時に店にやって来るのか、その謎を解き明かしながら、物語が進行していく〝ラブサスペンス〟だ。しかし、肝心のなぜ、女が店にやって来るのか!?のアイデアが思い浮かばず、かれこれ一ヶ月の間、そればかりを考えているせいで、まだ冒頭2ページしか進んでいない。ここさえ突破できれば一気に書けることはわかっている。今はひたすらアイデアが降ってくるのを待つ時間だ。座椅子を倒して横になると、ぼんやりとアイデアを考え始めた。

23時58分。俺は慌ててバイト先のファミレスに駆け込むと、急いで更衣室に向かい、制服に着替え、タイムカードを押した。危ない、何とかギリギリ間に合った……。アイデアを考えていたら、うっかり寝てしまったのだ。

「吉野さん。シャツ、出ています」

そう声をかけてきたのは、この店の店長である竹田朋子だ。歳は50を過ぎている。

「あ、ごめんなさい」

慌ててシャツをズボンの中にしまうと、竹田店長はウンザリしたようにため息を吐いた。

「しっかりお願いしますよ。先週も店員の態度が悪いってクレームがきているんですから」

「クレーム？」

「接客もせずに、一人でブツブツ何かしゃべっている店員がいるって」

「ああ、それはですね、今、自分が書いている作品の中でおもしろいセリフを思いついて」

「黙って仕事してください」

竹田店長は俺の言葉をさえぎると、厨房へと立ち去ろうとする。

「あ、店長！　待ってください。すみませんが、近々シフト変更をお願いするかもしれません」

「え？　なんでですか？」

竹田店長の顔が明らかに不機嫌になったのがわかる。

「実は、脚本の仕事が決まっちゃいまして」

ここで俺は脚本で培ったセリフテクニックを使った。〝決まった〟ではなく、〝決まっちゃった〟と言うことで、自分では意図せず脚本の仕事が降ってきた印象を与えることができる。それはつまり、ガツガツしなくても脚本の仕事がくるほど才能があることを自然と相手にわからせることになるのだ。

「認めません。シフトが決まったのが先です。そっちは断ってください」

竹田店長はそう冷たくあしらうと、厨房へと去っていった。

は？　まさか脚本の仕事とファミレスの仕事が同レベルだと思っているのか!?　あきれてものも言えない。まあ、いい。だったら、こんなバイト辞めてやるだけだ。俺はもうすぐ脚本家になるのだ。


翌日の13時。俺は恵比寿駅前の喫茶店にいた。

「吉野さん、そんなに緊張しなくて大丈夫ですよ」

ガチガチに緊張している俺を見て、隣に座る宮間先生が優しく声をかけてくれた。

とその時、スラッとした一人の男性が近づいて来るのが見えた。

「お疲れ。宮間くん」

「お疲れさまです！」

すかさず宮間先生が立ち上がると、俺も慌てて立ち上がった。

「初めまして、滝口です」

俺は思わず名刺を凝視した。あの滝口康平だ。若手プロデューサーとしてヒット作を量産しているヒットメーカー。まさか、この人と仕事ができるとは……。

「どうぞ、お座りください」

滝口プロデューサーに促され、俺は席に着いた。

「宮間くんからあなたの話は聞きました。優秀な生徒がいるって」

「あ、いや、そんな恐縮です」

「今、企画しているドラマがありまして。これなんですが」

そう言うと、滝口プロデューサーが鞄から企画書を取り出した。

企画書の1ページ目に書かれた文字を見て、思わず声を上げた。

「リアリティドラマ……？」

「ええ。実は今回、新しい試みとして、ドラマの制作過程を動画配信して見せながら、最終的に地上波のオンエアまでこぎつけるという企画でして」

「はぁ……？」

「なので、打ち合わせの様子はもちろん、吉野さんが執筆する様子も、すべて動画配信させていただきたいんです」

「え……」

そう言われても、すぐには企画内容が頭に入ってこなかった。

第2話

新進気鋭の若手脚本家、宮間竜介 1

20代のうちに絶対に連ドラデビューする。僕はそう決めていた。そして、いずれ映画脚本を手がけた後に、30代のうちに映画監督デビューも果たす。それが自分の人生プランだった。

その夢の第一歩、連ドラデビューは25歳のうちに叶えることができた。テレビ局のシナリオコンクールで大賞を受賞したその年に、いきなりゴールデンタイムの21時台の連続ドラマを任されたのだ。人気アイドルを主演にした医療ミステリーもののドラマは、老若男女問わず受け、大ヒットした。それからは、毎年2クールも連続ドラマを任され、年間を通して休みは一日もなく、毎日ひたすら執筆を続けている。現在28歳。今では新進気鋭の若手脚本家として、メディアに取り上げられることも少なくない。順風満帆なはずだった。

なのに、なんでこんなことに……。

腹部からは血が滴り落ちていた。目の前にはナイフを手にした吉野純一が立っている。興奮しているのか息が上がっているが、表情は笑っているようにも見える。今までドラマでこうしたシーンを何度も書いてきたが、リアルってこんな感じなんだな……と場違いなことをつい考えてしまう。半年前まで普通に生きていた善良なおっさんが、人をナイフで刺すことになるなんて。僕は静かに目を閉じた――。

――半年前。

「1ページもおもしろくない」

滝口プロデューサーはそう言うと、目の前で原稿を放り投げた。三日三晩寝ずに書いた原稿は、このたった一言で切り捨てられた。とはいえ、この状況はもう慣れている。

「すみません……」

この謝罪が、おもしろいものが書けなかったことに対するものなのか、はたまた駄作に三日間も費やしてしまったことに対してなのか、自分でもよくわかっていないが、とりあえず謝っておく。

滝口プロデューサーは、いつものようにホワイトボードの前に立つ。

「まあいいや。俺が作るから」

そう言うと、マジックペンを手にして、1シーン目から、どこで誰と誰がどんな会話をするのかを簡潔に書いていく。僕はそれを黙ってノートパソコンでメモっていく。

滝口プロデューサーとは、3年前のデビュー作からずっと組んでいる。今は半年先の10月クールの連続ドラマの第1話を作り始めていた。新進気鋭の脚本家ともてはやされてはいるが、実際にはプロデューサーの言いなりで、書記レベルの仕事をこなしていることを誰も知らない。ここから数時間、滝口プロデューサーがホワイトボードの前で、ああでもないこうでもないと、一人ブツブツ言うのをときどきうなずいたり、いいですね、それ！と合いの手を入れたりすることに専念する。自分を押し殺し、ただひたすら時が過ぎるのを待つだけだ。

「じゃあ、これ明日までに書き起こしてきて」

「はい……わかりました」

きっかり6時間が経った頃、解放された。いつもに比べれば断然早いほうだ。僕がノートパソコンを鞄にしまい、出ていこうとした時だった。

「宮間。お前、脚本スクールで講師やってるよな？」

「あ、はい……」

「上から単発ドラマやれって言われちゃってさ。誰か紹介してくれないか？」

「はい。どんな作風の人がいいですか？」

「作風とかどうでもいいから、一番、つまらないもん書く冴えない奴を頼む」

「え？」

「そういう企画だから」

「わかりました……。ちょうどこの後スクールなので、声かけてみます」

「明日、13時に会えるやつな」

そう言い捨てると、会議室を去っていった。

あの人はいつもこうだ。若手作家のことなど自分のコマにしか思っておらず、スケジュールは全部自分に合わせろのスタンスだ。まあ、これもまた慣れたのだが。

六本木のカフェに着くと、ノートパソコンを広げる。スクールまであと1時間ある。この時間を使って、さっきの打ち合わせでメモした内容を形にしていく。といっても、滝口プロデューサーが作った構成のままセリフを並べていくだけだ。そこに自分なりのクリエイティブ能力は必要ない。ただ言われたことを言われたまま書くだけだ。

もちろん、最初からこんなんだったわけではない。はじめは自分の力を信じていたし、抵抗を示した。言われたことと違ったものを書いて出していた。だが、そのたびに「おもしろくない」と一蹴され、どんどん萎縮していった。脚本家が会社員ならば、上司からのパワハラだ！と訴えることもできるが、所詮はフリーの個人商店。お得意様の言うことを聞かなければ切り捨てられ、その瞬間から失業者になってしまう。明日食べるお金もなく、次の仕事の保証もない。だから、どんな理不尽なことも黙って言うことを聞く。たとえ、書記レベルの仕事だとしても、これを続けている限りは、〝ドラマ脚本家〟としてのステイタスと収入を得ることができる。

20時30分。僕は六本木にあるスクールにいた。

「吉野さんの作品には、いつも〝今〟っぽいワードとかネタが入っているのがいいですよね。やっぱりテレビドラマって〝今〟を描くものなので、意識的に〝今〟を取り入れていかないとダメで、そこはみんな見習ったほうがいいと思います」

心にもないことを口にする。はっきり言って読むに耐えない駄作だ。いい歳したおっさんが、よくも毎度毎度、こんなにもつまらないものを書けるものだと逆に感心する。それに、書いてくるのは決まってラブストーリーだ。素人のおっさんが書くラブストーリーほど気持ち悪いものはない。自分ができない理想の恋愛を作品に投影してくるので、内容もさることながら、かなり痛い人間であることがわかる。それでも、無理して褒めるのは楽だからにほかならない。それっぽいことを適当に口にして満足させてやれば、気分よく帰ってくれる。無駄に作品を否定して質問攻めにされれば、こっちの労力が増えるだけだ。

案の定、目の前で吉野さんは満足気に笑っている。

その姿を見て、やはりこの人しかいないなと思った。滝口プロデューサーから言われた、「一番、つまらないもん書く冴えない奴を頼む」というオーダーにぴったりの人材だ。ゼミが終わり、帰り支度をしている吉野さんに声をかけた。

「吉野さん、この後少しだけ話せますか？」

一室で吉野さんと二人きりで話すのは、もちろん初めてのことだ。仕事の話を振った途端、想像以上に前のめりになってきた。

「そんな……僕でよかったら、ぜひやらせてください！」

汚っ。こいつ唾を飛ばしてきた……。顔を背けつつも話を続ける。

「そう言ってもらえてよかった。ちなみに、仕事のほうは大丈夫ですか？」

「全然大丈夫です！　仕事って言っても、深夜のファミレスのバイトですし、時間の調整はいくらでもききます！」

よくもまあ、いい歳してフリーターってことを恥ずかしげもなく口にできたものだ。この人を見ていると、自分は恵まれているのだと再認識できる。40を過ぎたおっさんが、まだ脚本家を目指していることは哀れ以外の何ものでもない。これからおっさんをデビューさせて使うプロデューサーがどこにいるというのか……。どんな企画かわからないが、今回は異例中の異例のことだし、つまらないからこそ声がかかったのだ。そのことにこの人はなんら気付いていない。

「じゃあ、さっそく明日プロデューサーをご紹介しますので、企画内容とか詳細はまたその時に」

「はい！　宮間先生、本当にありがとうございます！　精一杯がんばります！」

また唾を飛ばしやがった……。二人きりで話したことで一気に嫌悪感が増した。今回はしょうがないが、二度とこの人に仕事の話をするのはやめようと固く誓った。絶対にこいつ、面倒臭いやつだ。今後できるだけ関わりたくない。

中目黒駅から歩いて15分にあるワンルームマンション。そこが自宅兼仕事場だ。

家に着くと、休む間もなく再び執筆に入る。〆切は明日の午前中がいいとこだろう。なにせ、明日の13時には滝口プロデューサーに、あのおっさんを紹介するという面倒な予定が入っている。紹介後は、そのまま今抱えている連ドラの打ち合わせになるとみて間違いない。あー、今夜もまた徹夜か……。

時刻は深夜2時過ぎ。静まり返った部屋にキーボードを叩く音だけが響いている。

その時、携帯が鳴った。ディスプレイには滝口プロデューサーの名前が表示されている。

ため息を一つ吐く。またいつものやつか、と。

「もしもし？　お疲れさまです」

「どう？　書いてる？」

「あ、はい。書いてます」

深夜に電話をかけてきて、当然のように「書いてる？」と聞いてくるこの神経は、本当に人としてどうかしていると思う。が、やはりこれにも慣れた。問題はこの後の会話だ。

「あのさ、ちょっと思いついちゃったんだよね」

きた……。いつものこれ。怒りを抑えてなるべく平静を装い応える。

「あ、はい。なんでしょう？」

「主人公の友達もう一人増やそうかと思ってさ。20代の女」

「あ、いや、でも前の打ち合わせでは、ヒロイン以外は男で固めたほうがいいって……」

なるべく反論に聞こえないよう声のトーンを気にしながらそう告げる。

「って思ったんだけど、ヒロインと近づくには女友達のアドバイスとかあったほうがいいと思うわけ。友達が無理なら、妹設定でもいいし」

「妹……。いやでも、主人公は天涯孤独って設定ですし」

「だから！　それ変えてもいいって言ってんだよっ。わかんねえ奴だな。誰がデビューさせてやったと思ってんだよ」

「はい、すみません……」

「てことで、女キャスト追加したバージョンでよろしくな」

そう言うと一方的に電話が切れる。

クッソ！　携帯をベッドに放り投げる。これでまた書き直しだ。どうして若手の女キャストを急遽入れろと言ったのか、そのカラクリは簡単にわかった。今、電話の向こう側は明らかに騒がしく、男女の笑い声が聞こえてきた。どうせ、どこかの芸能事務所のお偉いさんにキャバクラにでも連れていかれたのだろう。そこで、次の連ドラに若手の女優を入れる約束をしたに違いない。つくづく、ばかげた仕事だと思う。いや、脚本家という仕事が悪いのではない。問題は、どのプロデューサーと組むかなのだ。一刻も早く、作品づくりに真摯に向き合っているプロデューサーと出会い、まともな作品づくりをしたい。そのためにも、もっともっと売れるしかない。自分と仕事がしたいと願うプロデューサーを一人でも多く増やすこと、それができなければ滝口プロデューサーの下請け業者として、いつまでもこき使われるだけだ。僕は気を取り直してパソコンに向かう。書くことでしかこの状況を打破できないのなら、書いて書いて書きまくるしかない。たとえ、書記レベルの仕事だとしても。

翌日。恵比寿駅前の喫茶店にいた。原稿はなんとか書き上げ、ここに到着する前に滝口プロデューサーにメールで送っていた。とにかく眠い……。なんでこのおっさんの紹介に立ち会わなければいけないのか。隣では一人緊張している吉野さんがいる。

「吉野さん、そんなに緊張しなくて大丈夫ですよ」

一応、声をかけた。ガチガチに緊張されて失態を犯されれば、紹介した僕の責任になりかねない。

そこへ、滝口プロデューサーがやってくると、挨拶もそこそこに企画の話をし始めた。

「リアリティドラマ……？」

吉野さんが訝しげにそう口にした。その姿を見て、何を期待してここに座っていたのか問いかけたくなった。まさか、いきなり連続ドラマの脚本を書かせてもらえるとでも思っていたのか？

「打ち合わせの様子はもちろん、吉野さんが執筆する様子も、すべて動画配信させていただきたいんです」

「え……」

僕は隣で黙ってこの話を聞いていた。他人事ながら変な仕事に巻き込まれたなと。

「あ、はい、わかりました……。具体的にいつから執筆を？」

吉野さんはそう口にはしたが、おそらく半分も理解できていないだろう。

「とりあえず、また連絡しますので」

滝口プロデューサーがそう言うと、吉野さんは一礼して店を後にした。

「いい感じだな。あのダメさ加減。お前、いいキャスティングしたよ」

「はい……」

「ってことで、お前もこっちにまわって、あのおっさんのサポートをやってくれ」

「え？」

「実際問題、あいつじゃ書けないだろ。裏でお前が脚本書いてやれ」

「あ、いやでも、僕は10月の連ドラが」

「あー、それなら問題ない。他の脚本家に話振っといたから」

「えっ」

それ以上、言葉が出なかった。嘘だろ⁉　10月の連ドラがクビになり、あのおっさんのゴーストライターになれって言うのかよ⁉

第3話 ヒットメーカー、滝口康平　1

目黒にあるシティホテル。浴室からはシャワーの音が聞こえている。その中、俺はベッドに座り、タブレット端末で動画配信を見ていた。今、にわかに話題となっている「リアリティドラマ」の配信だ。今夜は生配信とあってアクセス数が多いのか、動画がいつもより重く感じる。それにしても、この企画は我ながら大成功していると思う。

今のテレビ業界は各局視聴率に苦しんでいる。特にテレビドラマは制作費をかけるわりに視聴率を取るのが難しく、それゆえ、少しでも視聴率が見込める医療ものか刑事もののドラマが乱立しているのが現状だ。

社会現象を起こすには、まずはSNSで火をつける必要がある。そこで俺が考えたのは、若者が食いつきやすい、「バチェラー・ジャパン」や「テラスハウス」などに代表される

〝リアリティ〟番組だ。それとテレビドラマの融合を思いついた。ネット配信でドラマの制作過程を赤裸々に見せ、ブームアップした後に、完成したドラマをオンエアするというものだ。動画を視聴してきた人たちにとっては、制作過程からずっと見守ってきたテレビドラマを観るという〝新しい体験〟が生み出されることになる。

この「リアリティドラマ」は、いよいよ終盤に差しかかっていた。俺は動画を観ながらほくそ笑む。生配信で男と男が激しいののしり合いをしていたからだ。ついこの間まで、ただのおっさんだった脚本家志望の男と、新進気鋭の若手脚本家が争っている。「リアリティドラマ」といっても、まさに台本どおりの展開だった。状況と場さえ作ってやれば、こっちの意のままに動かすことができる。所詮人間なんて単純な生き物だ。

だが、次の瞬間、俺は固まった。

おっさんが宮間竜介をナイフで刺したのだ。

「おい……何やってくれてんだよ……」

――半年前。

俺はテレビ局のドラマセンターにいた。相変わらずオフィスは閑散としている。社員であるプロデューサーも演出家も、必要がなければほとんど会社には来ない。どこで何をしているのか管理もされておらず、極端に言えば、1年間何もせずとも毎月給料がもらえる不思議な業界だ。

とそこへ、上司の関川さんがやってきた。

「おう、滝口。もう来てたのか」

「はい」

「じゃあ、さっそくいいか」

俺が今日わざわざ会社に顔を見せたのは、企画担当部長である関川さんに呼ばれたからにほかならない。俺はうなずくと関川さんに続いて第一会議室へ向かった。

「前々から相談していた次の10月クールなんだけどな、原作付きの医療ものでいくことになった。主演は三崎聡太だ」

開口一番にそう告げられた。内心、また医療ものかと思った。しかも、原作と主演まで決められて下りてくるとは……。だが、その原作はベストセラーであり、主演もイケメン俳優として今上り調子の男だ。うまくつくれば、ある程度の数字は見込める。やる価値のある仕事だと踏んだ。しかし、すぐにここで快く返答してはならない。一拍おいてから、渋々と返答するのだ。そうした〝ポーズ〟を見せておけば、もしもドラマがコケたときに、上から決められた企画をしかたなくやったという言い訳ができる。

俺が苦渋の顔で考えるそぶりを見せ始めたその時だった。

「でな、プロデューサーは深見でいく」

「えっ？」

寝耳に水だった。深見は俺の２つ下の後輩で、仕事ができるなどの噂もまったく聞いたことのない女だ。なぜ深見が？　そう思った瞬間、ピンときた。なるほど、あの噂は本当だったのか……。社内で関川さんと深見が不倫しているという話があったのだ。

「待ってください。次の10月は僕でいくと言ってましたよね？」

渋々引き受けるというポーズは、もはや意味をなくした。ここは全力で仕事を奪い返しにいかなくては。

「悪いな。三崎聡太の事務所からのご指名なんだよ。深見でいきたいって」

それはお前の個人的な指名だろ。

「いまさらないと言われても納得できません。すでに脚本家の宮間とも何やるかって、企画から作り始めてたんです。この後だって、打ち合わせが入っているんですよ」

「そう言われてもな。これはもう決まったことだから」

「事務所にそう言われたなら、深見じゃまだ無理だって拒否してくださいよ」

「簡単に言うなよ。向こうの社長さん怒らせたら面倒だろ」

三崎聡太の事務所は役者と芸人を抱える大手芸能事務所だ。所属芸人たちの中には、うちの局でバラエティ番組のMCを担当する者たちも少なくない。ひとたびもめれば、社長が出てきて、〝バラエティ番組から一斉に引き上げる〟と言い出す。その一言で、ドラマ班は言うことを聞かざるを得なくなる。

テレビ局のゴールデン帯のタイムシフトを埋めているのは、バラエティだからだ。局内での力関係はバラエティ班のほうが強い。それを知っていて、何も言い返せないようにと関川さんはこのセリフを吐いたのだ。どこまでも汚い男だ。本当はただ、自分の不倫相手を登板させたいだけのくせに……。

「その代わりと言っちゃなんだが、ネット配信ドラマの企画があってな。それ、お前やれ」

「ネット配信？」

全然興味が湧かない。自社制作のネット配信ドラマほど予算がないものはない。これじゃ都落ちもいいとこだ。ここまでくると、単に不倫相手の深見を抜擢したかっただけでないことがわかる。この男は、俺のことが個人的に嫌いなのだ。

だが、ここですべてを飲むことはできない。だったら、俺にも考えがある。

「わかりました、それやりますよ。けど、一つ条件があります」


「1ページもおもしろくない」

狭い会議室で、俺はそう言うと原稿を放り投げた。目の前には疲れ切った表情の宮間がいる。おそらく、寝ずに書いてきたのだろう。10月クールのドラマはオリジナルドラマで勝負したいと思っていた。だから俺は自分が考えた企画を宮間に話し、3日間で1話の脚本を書かせたのだ。といっても、この打ち合わせの3時間前に10月クールの話は消えた。この原稿は、どっちみち無駄になったことになる。

「まあいいや。俺が作るから」

ホワイトボード前に立つと、俺は1シーンごとに話を作り始め、6時間みっちり宮間を拘束すると、明日までに脚本を形にしてくるよう指示を出す。そして、本題を告げた。

「宮間。お前、脚本スクールで講師やってるよな？」

「あ、はい……」

「上から単発ドラマやれって言われちゃってさ。誰か紹介してくれない？」

「はい。どんな作風の人がいいですか？」

「作風とかどうでもいいから、一番、つまらないもん書く冴えない奴を頼む」

この時から俺が考えていた新企画「リアリティドラマ」が始まっていた。


「えー、その脚本家さん、かわいそうじゃない？」

深夜のキャバクラで、いかにも頭の悪そうな女が声を上げた。

「どこがだよ。そいつは俺のおかげで食えてんだよ。いつも話作っててんの俺なんだから」

それは本当にそうだ。宮間は俺が考えたもので、脚本のギャラ以外に印税までもらっているのだ。どんなにこき使おうと、文句を言われる筋合いはない。

「これから俺が、『恋愛リアリティショー』に負けない『ドラマリアリティショー』を作ってやるよ」

「どう？　書いてる？」

俺はそう言うと、携帯を取り出して宮間に電話をかける。

「あ、はい。書いてます」

平静を装ってそう返答しているが、内心イラついていることぐらいわかる。俺はさらにイラつかせるセリフを吐く。

「主人公の友達もう一人増やそうかと思ってさ。20代の女」

これには、さすがの宮間も反論してきたが、反論してきた宮間を逆ギレして黙らせた。

「てことで、女キャスト追加したバージョンでよろしくな」

そう言うと、一方的に電話を切ってやった。これであいつは、また寝ずに書いてくるだろう。それでいい。ストレスを溜めさせて爆発させるのだ。


品川にあるタワーマンションの前でタクシーを停めた。ここで俺は妻と娘と住んでいる。家に帰ってきたのは深夜3時過ぎ。妻とまだ2歳になる娘は、とっくに眠りについている。28歳で結婚して4年が経つ。今では夫婦間の関係はすっかり冷え切っている。家に帰ってくるのは決まって、深夜0時過ぎ。正直、いつ離婚を切り出されてもおかしくないと思っている。いや、むしろ離婚を切り出してほしいとさえ思う。俺には、やはり結婚生活は合わなかった。自由気ままに一人で生きるほうが性に合っている。


翌日。恵比寿駅前の喫茶店で宮間が紹介してきた脚本家スクールの生徒である、吉野純一と会っていた。見た目からして想像以上に冴えないおっさんだ。

「とりあえず、また連絡しますので」

俺はそう言うと、おっさんに帰るように促した。いったい何が始まるのか?と不安げな顔を見せたまま帰っていく。その姿を見送りながら、俺は宮間に声をかけた。

「いい感じだな。あのダメさ加減。お前、いいキャスティングしたよ」

「はい……」

「ってことで、お前もこっちにまわって、あのおっさんのサポートをやってくれ」

「え？」

「実際問題、あいつじゃ書けないだろ。裏でお前が脚本書いてやれ」

「あ、いやでも、僕は10月の連ドラが」

「あー、それなら問題ない。他の脚本家に話振っといたから」

宮間が絶句しているのがわかる。そりゃそうだ。ゴールデン帯の脚本家から、一転してネット配信ドラマのゴーストライターをやれと命じられるなんて、普通なら断る。だが、そうはさせない。

「それやりながらお前とは、来年の4月クールの連ドラの準備に入りたいんだよ」

「来年の？」

「ああ。映画化まで決まってる大型企画だ。10月クールをこのまま書くか、映画化込みの連ドラやるか、どっちがいい？」

もちろん、来年の4月の話なんて全部嘘だ。こうして人参をぶら下げて走らせるための方便にすぎない。息を吐くように嘘をつけるのが、できるプロデューサーってもんだ。

「そりゃ、映画化込みのほうがいいですけど……」

「じゃあ、10月は降りて、配信ドラマの手伝いに専念しろ」

「……はい」

セットアップは整った。新進気鋭の若手脚本家が、素人のおっさん脚本家と組んでドラマを作る。そこでは必ず摩擦が起きる。その制作過程をそのまま〝リアリティ〟としてオンエアまで動画配信して見せていくのだ。俺が上司の関川に出したネット配信を引き受ける条件とは、このことだった。今までにないドラマ作りをしてやる。そして、俺を干した関川の野郎を引きずり下ろしてやる。

「じゃあ、明日から打ち合わせ始めるぞ」

第4話　脚本家を夢見る独身、吉野純一　2

「リアリティドラマ……」

　家に帰ると、すぐにパソコンで検索してみた。だが、〝リアリティショー〟というワードは出てきても、「リアリティドラマ」というワードは見当たらない。確かにこれは、滝口さんが言っていたとおり新しい試みなのかもしれない。俺は急に胸が熱くなった……。

　俺をこんなチャレンジングな企画に抜擢してくれるとは。滝口さんの期待に応えるのはもちろんのこと、間をつないでくれた宮間先生にも恩返しをしなければ……。そんなことを考えていた時、携帯が鳴った。宮間先生からだ。

「はい、吉野です！」

「あ、今日はお疲れさまでした……」

「あ、はい！　ご紹介いただきありがとうございました！」

「いえ……。で、さっそくなんですが、明日遅めの時間から打ち合わせできませんか？」

「え？」

「実は、今回サポートというわけではないんですが、僕も一緒に打ち合わせに入ることになりまして……」

「あ、そうなんですか……」

俺は思わず落胆の声を上げた。俺一人じゃなかったのか……。だが、サポートに入ってくれるのは恩人の宮間先生だ。すぐさま気持ちを切り替えた。

「それは心強いです！　今、スケジュールの確認を」

俺は慌てて手帳を広げる。明日の夜はファミレスのバイトが入っていた。

「あの、すみません……。明日の夜はバイトが入っていまして……」

「バイトですか……。休めたりしませんかね？　え？　あ、ちょっと待ってください」

電話口で何やら宮間先生が話している声が聞こえる。誰かと一緒にいるのか？

その時、再び宮間先生が電話口で声を発した。

「あ、すみません。バイト入ってても大丈夫です」

「え？　どういう意味ですか？」

「今、滝口さんと一緒なので、代わりますね」

「あ、はい！」


翌日の夜。俺がバイト先のファミレスに到着すると、竹田店長がすり寄ってきた。

「吉野さん……！　テレビ局の方たちが見えてますよ」

俺が店内に目を向けると、スタッフたちがカメラなどの機材をセットしていた。

「すみませんね。僕が働いている姿を、どうしても撮りたいって言うものですから」

冷静にそう口にしたが、内心は俺のすごさを最大限アピールしていた。竹田店長が俺を小馬鹿にしていたのは知っている。40過ぎた男が結婚もせずに、夢を追い、ファミレスでバイトをしている。ただの痛い男だと思っていたことは、今までの俺に対するぞんざいな態度を見ていればわかる。だからこそのプチアピールだった。俺は、こんなファミレスなんかでバイトしている器じゃないのだと。

「がんばってね、吉野さん」

手のひらを返したようなその態度に、俺はフンと鼻を鳴らした。とそこへ、滝口さんがやってきた。

「お疲れさま、吉野さん」

「お疲れさまです！」

「悪いですね、急に」

「いいえ！　とんでもありません」

「昨日話したとおり、今回は『リアリティドラマ』を作ります。ファミレスで働いている、ふだんの吉野さんを撮らせていただき、脚本家としてデビューするまでのシンデラストーリーも描いていきたいんです」

「シンデレラストーリー……」

そうか、確かに言われてみればそのとおりだ。一夜にして俺の人生は大きく光り輝いた。まさに、シンデレラだ。

「働いている姿を撮った後、ここで宮間と新ドラマの打ち合わせをしてもらいますので」

「はい！」

「一応言っておきますが、宮間に遠慮することはないですからね」

「え？」

「これは、あなたのシンデレラストーリーですから」

「……はい！　がんばります！」

滝口さんのその言葉に心が躍った。そうだ、誰にも遠慮することはない。このカメラは俺を撮りに来ているんだ。

「いらっしゃいませ」

テレビカメラが回る中、俺はいつものように接客をする。滝口さんからも、なるべくカメラを意識せず、ふだんどおりやってほしいと言われていた。注文を取り、オーダーを通すと、少しだけできた合間に、ふと思いついたアイデアをメモする。と、そこへ竹田店長が顔を出してきた。

「吉野さん？　また何か思いついたんですか？」

「ええ、まあ……」

おい!?　ふざけんなよ。カメラが回っているからって、なに出しゃばってんだよ!?　ていうか、前まではブツブツうるさいって注意してたよな？

「がんばってね、吉野さん」

「はい……」

このおばさん、露骨にテレビカメラを意識している。これは完全に、40過ぎて脚本家を夢見る男を応援してます！的なポジションについてる。テレビが入った途端これだ。まったく、現金な女だ。

明け方、5時。俺がバイトを終える頃、宮間先生がやってきた。働いている姿の撮影は終わり、次はいよいよ打ち合わせの様子を撮影する時間だ。

俺と宮間先生がテーブル席に着くと、カメラが回る前に滝口さんが声をかけてきた。

「今日は新ドラマのアイデア出しを、ここでおこなってもらうから。初期設定は、ある日突然、脚本を任された脚本家志望の中年男と、そのサポートをする売れっ子若手脚本家ってことで。あとは〝リアリティ〟でお願いします」

「はい！　宮間先生、よろしくお願いします」

俺がそう言っても、宮間先生は疲れた様子でうなずくだけだった。

「それじゃ、カメラ回していきます」

カメラが回った合図とともに、俺は鞄から紙を取り出した。

「新ドラマのアイデアを考えてきたんですが」

昨夜寝ないで考えた。珠玉の3本のアイデアだ。簡単に言うと、1本目は「女子高生が突然ゾンビになって街を襲う話」。2本目は「ある日、中年男が超能力を使えるようになって地球を救う話」。3本目は「かつて宇宙飛行士だった女が派遣社員となり、社内で活躍する話」だ。

「……いや、どれもキツイと思いますが」

「え？」

まさかの返答だった。ここがゼミだったら、素直に従っただろう。だが俺は、滝口さんに言われた言葉を思い出していた。これは俺のシンデレラストーリーなんだ。

「自分的には2本目の超能力の話とか、いけると思うんですけど？」

「いけますかね……」

「いけますよ！」

「地球を救うって、いったい地球に何が起こっている設定ですか？」

「いや、それはまだ考え中ですが……。あ、たとえば、この1本目のアイデアと合わせてみたりするのはどうでしょうか？　ゾンビになった女子高生によって襲われていく街を、この中年男が超能力で救っていく……とか」

「……いや、予算かければおもしろいかもしれないですけど。制作費、そんな出ないと思いますよ？」

「……そこはなんとかアイデアで乗り切りましょうよ」

「乗り切れますかね……」

俺が何を言っても否定的なことしか言わない。なんなんだよ⁉

6時半。モーニングの客が来る前に撮影は終わった。

結局、俺がやりたいと思っているアイデアを、3日間でプロットに落とし込むことで話がまとまった。

「よかったですよ、吉野さん！　売れっ子脚本家に物怖じしない感じとか、夢をものにするんだ！って執念が伝わってきましたよ」

「ありがとうございます！」

「宮間もお疲れ」

「はい……。それじゃ、お先に失礼します」

そう言うと、宮間先生は先に店を出ていった。明らかにムッとしているのがわかる。恩人である宮間先生のことを思うと、少し悪い気はしたが、でもこれがプロの現場なのだ。

滝口さんはスタッフと笑い合って話している。初日から俺の活躍に上機嫌のようだった。

あの人に認めてもらえれば、次の仕事にもつながる。今が人生の正念場だ。尊敬し、憧れていた宮間先生ではあったが、今は明確に俺のライバルだ。俺がおもしろいと思えるドラマを作る。そしていつか、宮間先生を追い越してみせる。俺が固くそう決意していた時、竹田店長がやってきた。

「吉野さん、お疲れさま。カッコよかったですよ」

「いえ」

「私はおもしろいと思いましたよ。吉野さんのアイデア」

「ありがとうございます……」

そういうのいいから……。ほんとなんなんだよ、このおばさん。荷物をまとめ、店を後にしようとしていた時だった。滝口さんが声をかけてきた。

「あ、吉野さん。明日って、家で執筆ですか？」

「はい……。そのつもりですけど？」


翌日の14時過ぎ。滝口さんがスタッフとともに家にやってくると、撮影用のカメラを部屋の至るところにセッティングし始めた。

「プロットができていく過程も撮影させてもらいますので。がんばってくださいね」

「はい！」

セッティングを終えると、滝口さんたちは帰っていった。ここからは、俺一人の戦いだ。

熱いコーヒーを入れると、昨日話し合ったアイデアをプロットに落とし込む作業に入る。

パソコンの前で、どう物語を展開させていくかを考える。プロットは、あらすじとは違い、脚本になることを意識し、具体的なシーンを思い描きながら文字に落とし込んでいく、いわば脚本になる前の設計図みたいなものだ。

ゾンビの女子高生と超能力の中年男の物語。これをいったいどうスタートさせ、展開させていけばいいか……。テレビカメラがあるせいか、いつものように筆がのらず、書いては消してを繰り返していた。格闘すること3日間。やっとの思いで物語の骨格ができた。

完成したプロットの内容はこうだ。

〝ある日、清掃業者で働いている冴えない中年男が雷に打たれ、超能力を使えるようになる。時間を止めたり、眼力だけで目の前の物を破壊できたりするようになる。そんな時、同じく雷に打たれたことでゾンビになった女子高生が街を荒らし始める。中年男は、超能力を使ってゾンビ女子高生と対決することになる。そんな時、元宇宙飛行士で派遣社員の女がやってくる。その女は、中年男の元妻だった。そして、その妻から衝撃の事実を聞く。なんと、そのゾンビ女子高生が生き別れた自分の娘であったのだ。中年男は地球を救うためにゾンビの娘を殺すのか⁉ 葛藤し苦悩する〟。

「完璧だ……」

これはいける！ 俺は自然と笑いがこみ上げてきた。その頃にはすでに、カメラの存在さえ忘れ、俺は充足感に浸っていた。

翌日。俺は六本木の脚本家スクールにいた。ここにもカメラが入るのかと思ったが、今日はスタッフの人はいなかった。スクールの事務局の話で、撮影を嫌がった生徒が数人いたせいで、撮影許可を出せなかったことがわかった。まあ、俺としても四六時中カメラを回されるのも疲れるので、今日は久しぶりにリラックスして過ごそうと決めた。

だが、教室に入った途端、そうはいかないことがわかった。先に到着していた生徒たちから一斉に冷たい視線を向けられたのだ。

なるほど、そりゃそうか……。みんなの憧れの宮間先生から声をかけられ、いきなり脚本家デビューのチャンスをつかんだ。嫉妬する気持ちは理解できる。俺は黙って教室の隅に座る。とその時、坂口亜紀が声をかけてきた。

「え？　吉野さん、本当にデビュー決まったんですか？」

「決まったけど。それが何か？」

「え？　嘘……。信じられない……」

はぁ!?　そこは〝おめでとうございます！〟だろ。本当に最近の若い女は礼儀がない。

再び教室内が沈黙に包まれると、宮間先生がやってきた。

「お疲れさまです。先日はありがとうございました」

俺が立ち上がり、そう挨拶すると、宮間先生はあろうことか目線さえ合わせず、黙って席に座った。

え？　無視!?　宮間先生の大人気ない態度に思わず怒りがこみ上げてきた。生徒に踏み台にされようとしている今、憤る気持ちはわかる。でも社会人として無視をするなんて、俺はどうかと思う。こうなったら空気を読まずに、今、一番聞きたいことを聞くことにした。

「送ったプロットは読んでいただけましたか？」

「ああ、はい」

「どうでしたか？」

「感想はカメラの前で、って言われているので……」

「あ、そうですか……。わかりました」

「ただ、あれはないと思いますよ」

「え……」

生徒たちが、ぷっと笑うのが見える。デビューのチャンスさえめぐってこないお前らに、今、俺を笑う資格があるのか!?　宮間先生もあんまりの物言いだ。たった一言で、全否定するなんて……。机の下で拳を握り締めたその時、携帯電話が鳴った。滝口さんからだ。

「あ、すみません。滝口さんから電話なので出ます。もしもし？」

俺は電話に出ながら、教室の前へと移動した。

「いやぁ、吉野さん。おもしろかったですよ、あのプロット」

「！　本当ですか⁉」

きた……！　そうだよ、おもしろくないわけないだろ。宮間先生は、ただ俺を蹴落とそうとしていただけなんだ。

「今、スクール中ですよね？」

「あ、はい」

「スクール後に、宮間とさっそくプロット打ちしてもらえますか？　カメラ回しますから」

「はい！　よろしくお願いします！」

俺のシンデレラストーリーが、また一つ前へと動き出した――。

第5話 若手脚本家、宮間竜介 2

恵比寿の喫茶店で吉野さんを見送った後も、滝口プロデューサーとの話は続いていた。

「じゃあ、明日から打ち合わせ始めるぞ」

「待ってください。本当に僕があのおっさん……、いや、吉野さんのゴーストライターをやるんですか？」

「無理ならいいよ。他に話振るから」

出た……。そう言われると、脚本家は何も言えなくなる。10月クールの連ドラの話もなくなった今、この仕事を他の脚本家に取られれば、途端に無職になる。他に知っているプロデューサーもいない。新進気鋭の脚本家とはいえ、若手のギャラは安く、生活するだけで一杯一杯だ。今、収入源を断たれるわけにはいかない。

「わかりました。やります」

「そうか。この後、俺、本社で会議だから。お前も一緒に来い。会議後にまた話そう」

「はい……」


本社の会議室で待つこと1時間。滝口プロデューサーが戻ってきた。

「よし、じゃあやるか」

「はい。ストーリーの骨格ですが、吉野さんのキャリアも考えると、あまり登場人物が多くならない王道の話を――」

「話はあのおっさんに考えさせる」

「え?」

「とりあえず、電話して」

「あ、はい……」

「明日遅めの時間で、吉野さん入れて打ち合わせをやる。そう伝えてくれ」

「わかりました……」

いったい、この人は何を考えているんだ⁉　よくわからないまま、吉野さんの携帯に電話を入れると、すぐに応答があった。

「はい、吉野です！」

うるさっ！　耳がキーンとなるほどの大声だ。

「あ、今日はお疲れさまでした……」

「いえ……。で、ご紹介いただきありがとうございました!」

「いえ……。で、さっそくなんですが、明日遅めの時間から打ち合わせできませんか?」

「え？」

「実は、今回サポートというわけではないんですが、僕も一緒に打ち合わせに入ることになりまして……」

「あ、そうなんですか……」

明らかに落胆の声だ。その態度に思わずイラッとしてしまう。本当に自分一人で書けるとでも思っているのか？

吉野さんがスケジュールを確認すると、明日の夜はファミレスのバイトが入っていると告げられた。

「バイトですか……。休めたりしませんかね？」

その時、目の前で「休ませるな」と滝口プロデューサーが口にしてきた。

「え？　あ、ちょっと待ってください」

「バイトに行かせろ。そこに俺らも行く」

「あ、はい……」

本当にこの人は何を考えているのか？　さっぱり意図がわからない。

「あ、すみません。バイト入っていても大丈夫です」

慌てて吉野さんにそう告げると、滝口プロデューサーが〝代われ〟と合図してきた。

「今、滝口さんと一緒なので代わりますね」

そう言うと、携帯を滝口プロデューサーに手渡す。

「もしもし、滝口です。先ほどはどうもありがとうございました」

吉野さんと楽しそうに話す滝口プロデューサーを、僕はボンヤリと眺めながら、何だかとても面倒なことに巻き込まれた気がしていた。


自宅に戻ると、明かりがついていた。

「おかえり」

出迎えてくれたのは彼女の渚だ。歳は僕の二つ上で、30歳。付き合ってもう4年。僕がデビューする前から支えてくれている彼女だ。

彼女の仕事は大手派遣会社のキャリアコーディネーター。残業が多い仕事ではあるが、たまに早く仕事が終わると、うちに寄って夕飯を作ってくれる。

「その仕事、やめたほうがいいと思う」

渚が作った夕飯を二人で食べている時だった。ふだんは何があっても応援してくれる渚が、初めて反対してきた。

「そうは言っても、やらなきゃ食べていけないし」

思わず語気が強くなる。

「でも、それって、なんのキャリアにもならないでしょ？　もう実績あるんだし、滝口さんとの仕事だからって、引き受けなくてもいいと思うよ」

「いや、でもこれをやる代わりに、映画化まで決まっている連ドラの仕事もらえることになってるし」

「それって本決まりなの？」

「言われているんだから、決まった話だろ」

「どうだかわかんないよ。いつも竜くん、言ってるじゃん、また企画変わったって。その話だっていつ変わるかわからなくない？」

確かに渚の言うとおりだった。滝口プロデューサーから「映画化まで決まっている連ドラの話だ」と言われた時、すんなりと受け入れることができないでいた。そんな大型企画が若手の脚本家に舞い降りてくるとは思えなかったし、滝口プロデューサーの言うことは鵜呑みになんてできない。それでも僕が、おっさんのゴーストライターを引き受けてしまったのは、滝口プロデューサーから嫌われたくないからだった。あの人に嫌われ、捨てられてしまえば、仕事を振ってもらえなくなる。本当はその恐怖から引き受けた仕事だ。

「今からでも断れないの？　絶対やめたほうがいいって。多少仕事空いたって、他に一緒にやってくれるプロデューサーを探したほうが――」

「うるさいな！　こっちの業界のことよくわかんないくせに、口挟むのやめてくれよ」

溜めていたストレスが爆発したのが自分でもわかった。

「テレビのゴールデンタイムで連ドラ書ける脚本家なんて、年間60人もいないんだよ？　脚本家はみんな、そこ書きたくて勝負してんだよ。勝ち続けるためには、嫌な仕事だって引き受けなきゃなんないんだって。渚の仕事と一緒にしないでくれよ」

「……ごめん」

重い沈黙が流れる。

「今日はもう帰るね……」

そう言うと、渚は荷物を手に出ていった。

クッソ！　何でこんなけんかしなきゃいけないんだ。すべてはあの仕事のせいだ！

翌日。携帯電話のアラーム音で目覚めると、渚からＬＩＮＥがきていないか確認をしたが、昨夜帰ってからはなんの連絡もきてはいなかった。変な仕事に巻き込まれたせいで、渚との関係にまで影響が出ている。そう思うと妙に苛立ち、この日は何も手につかないまま、ただ時間だけが過ぎていった。

そして、明け方5時。吉野さんのバイト終わりに合わせて、ファミレスに向かった。カメラを回しての打ち合わせが始まる。吉野さんが寝ずに考えたという3本のプロットを見せてきた。ここは正直な感想を言ってやろうと思った。

「……いや、どれもキツイと思いますが」

「え？」

〝え？〟じゃないだろ。これでいけると思っているほうが「え？」だ。

それでも、吉野さんは執拗に食い下がってくる。

「あ、たとえば、この1本目のアイデアと合わせてみたりするのはどうでしょうか？　ゾンビになった女子高生によって襲われていく街を、この中年男が超能力で救っていく……

とか」

「……いや、予算かければおもしろいかもしれないですけど。制作費、そんな出ないと思いますよ？」

「……そこはなんとかアイデアで乗り切りましょうよ」

「乗り切れますかね……」

イライラはマックスに達していた。早朝、ファミレスに呼び出されて、この不毛な打ち合わせをさせられる。ましてや、相手はついこの間まで生徒だったおっさんだ。

ふと、カメラの側に立っている滝口プロデューサーが目に入った。こっちを笑いながら見ている。何笑ってんだよ!?　ふと、渚の言葉が頭をよぎった。


「今からでも断れないの？」

不毛な打ち合わせを終え、家に戻ってきた。体が鉛のように重いとはこのことか。すぐにベッドに横になったその時、ＬＩＮＥが鳴った。相手は渚からだ。

おはよう。今夜会える？

昨夜は渚にひどいことを言ってしまったと反省していた。「大丈夫だよ。時間は任せるよ」と返信した。ちゃんと会って、渚に謝らなきゃ……。そう思いながら眠りについた。

21時。渚と二人でカフェに来ていた。

「ごめんなさい……」

「え？　何が？」

「もう別れよう」

「え？」

渚は会った時から硬い表情で、飲みに行こうという誘いも断られた。

なんとなく嫌な予感はしていたが、まさか別れ話だとは思わなかった。

「どうしたの……？　昨日のことなら、本当悪かったと思ってる」

「違う。昨日だけじゃない。ずっと考えていたことなの」

「え？」

「ずっと、我慢してた」

「それは悪いと思ってるよ。いつも忙しくて、デートも旅行も連れていってあげれてないし、いつも仕事優先で、渚のこと放ったらかしにしていて」

「それは全然いいよ。本当に忙しいの見ていてわかってたから」

「じゃあ、なんで!?」

「竜くんの言うとおり、私そっちの業界のことわからないから、何が大変なのかとか理解してあげられないし」

「そんなの別にいいって」

「それに、将来のこととか、いろいろ考えたら、やっぱ違うかなって」

「違うって？」

「結婚。する気全然ないでしょ？」

「……いや、まだそういうの考えてはいなかったけど」

「だよね……。竜くんは結局、自分が一番がかわいいんだよ」

「なんだよ、それ」

「私はもう無理だから。今までありがとう」

そう言うと立ち去っていく。

「渚……？」

ここはドラマみたいに走って追いかけてみるか？

そうは思ったが、立ち上がることができなかった。ただ去っていく渚の背中だけを見つめていた。

その夜。家で一人、酒を飲んだ。

何をやっているんだ……俺は……。自分のふがいなさに悔し涙があふれる。

久しぶりに泣いた。どうしてもっと渚を大切にしなかったのだろう。渚はこの仕事をいつも応援してくれていた。デビューが決まった時には、自分のことのように喜び、ドラマのオンエア日はどんなに忙しくても、必ず早く帰ってきて、一緒に観てくれた。結婚はまだ考えてはいなかったが、側にいるのが当たり前の存在だったし、いつまでも隣にいてほしいと思っていた。だけど、渚にとって、この交際はどうだったのか？　初めて、渚の気持ちを考えた。渚が何に喜び、何に悩んでいたのか、聞いたこともなかったし、はっきり言って興味もなかった。

「結局、自分が一番かわいいんだよ」。渚に言われた言葉が胸に刺さる。そのとおりだと思った。今までずっと、自分本位の付き合いをしていたんだ。

四日後。六本木の脚本家スクールにいた。

「送ったプロットは読んでいただけましたか？」

吉野さんからそう聞かれ、そういえばメールが来ていたことを思い出した。

「ああ、はい」

「どうでしたか？」

「感想はカメラの前で、って言われているので……」

滝口プロデューサーからはカメラが回っていないところで、ドラマの話はするなと釘を刺されていた。

「あ、そうですか……。わかりました」

「ただ、あれはないと思いますよ」

「え……」

この人の自信はいったいどこから来るのか⁉ そんなことを思っていると、吉野さんの携帯が鳴った。

「あ、すみません。滝口さんから電話なので出ます。もしもし？」

本当に人の気持ちを逆撫でする奴だ。わざわざ〝滝口さんから〟って言う必要あるか？なんのアピールだよ。

「本当ですか⁉」

教室の隅で電話をしている吉野さんの顔がほころんでいくのがわかる。

「はい！　よろしくお願いします！」

吉野さんは電話を切ると、すぐに戻ってきた。その顔は明らかに勝ち誇っている。

「宮間先生。スクール後に、プロット打ちするそうです。カメラのスタンバイはもうできてるって」

またあの不毛な打ち合わせが始まるのか……。


テレビ局の会議室にカメラが入っていた。カメラの横には滝口プロデューサーがいる。

吉野さんと二人でプロットの打ち合わせが始まる。

「じゃあ、宮間先生。プロットの感想をお願いします」

吉野さんから促され、正直に全部言ってやろうと思った。

「これって、どっかで見た設定をつなぎ合わせた感じですよね？」

「どっかって？」

「〝清掃業者で働いている冴えない中年男が雷に打たれ、超能力を使えるようになる。時間を止めたり、眼力だけで目の前の物を破壊できたりするようになる〟。これって、アメドラの『ストレンジャー・シングス 未知の世界』ですよね？」

「いや、違いますよ？」

「それに、〝そんな時、同じく雷に打たれたことでゾンビになった女子高生が街を荒らし始める〟って、これもアメドラの『ウォーキング・デッド』ですよね？」

「違いますって」

「いや、どっかから刺激を受けるのはいいと思いますよ。でも、前にも言いましたが、二つとも潤沢な予算があるから成立している話であって、日本のドラマの予算じゃ、絶対にああはなりませんから」

「心外ですよ……。まるで、ただアメドラからパクっただけのアイデアみたいな言い方！」

そのとおりだろ！　大きな設定、二つもパクってんじゃないか！　そう言い放ってやりたかったが、そこはグッとこらえた。

「今の脚本家は予算配分も頭に入れながら、書けなきゃダメなんです。好き勝手書きたければ、漫画家や小説家になったほうがいいと思います」

「なんでそんなこと言われなきゃならないんですか？　そんなに僕のアイデアはいけませんか？　それとも、新しい才能を早いうちから潰しておきたいんですか？」

は!?　これが新しい才能!?　自惚れるのもいい加減にしろよ！　何なんだ、このおっさんは。

ふと、カメラ横にいる滝口プロデューサーを見る。やはり笑っていた。まるでこの対立を楽しんでいるように見えた。

第6話 ヒットメーカー、滝口康平 2

テレビ局の会議室。宮間とおっさんの打ち合わせは、予想どおりの展開となっていた。

「なんでそんなこと言われなきゃならないんですか？　そんなに僕のアイデアはいけませんか？　それとも、新しい才能を早いうちから潰しておきたいんですか？」

顔を真っ赤にしながら、おっさんが声を荒らげている。それを見ながら、俺は必死に笑いを押し殺していた。二人がこうして、リアルにやり合えばやり合うほど視聴者はついてくる。なんなら殴り合いのけんかぐらいにまで発展してほしい。もっとやり合え！　番組を盛り上げるために。もっと、もっと……。

目黒にあるシティホテル。俺はベッドに横になりながら、タブレット端末で今日撮った編集前の「リアリティドラマ」の映像を観ていた。

「ほんと、悪い人ね」

裸の女がタブレット端末を覗き込んできた。名前は理沙。結婚前から関係を持ち、かれこれ5年近くになる。出会いは理沙が脚本家をめざしていた22歳の時だった。ゲスト講師として呼ばれたシナリオ教室で、ひときわかわいい理沙を見て、脚本を見てやると声をかけた。それから、脚本を教えることを口実に何度か会い、関係を持つようになった。

5年の間、理沙も何人か男をつくり、結婚を考えたようだが、そのつど言いくるめて結婚をやめさせていた。俺にとって都合のいい女のままでいさせるためだ。

「他人の人生振り回して、かわいそうだと思わないの？」

「いちいちそんなこと思ってたら、プロデューサーなんてできないんだよ」

「ふ〜ん。かわいそう、この二人」

画面の中で、宮間とおっさんが言い合っている。

「ヒットすりゃ、なんだっていいんだ」

言い合っているおっさんたちを観て、笑みがこぼれる。何度観ても滑稽な男たちだ。

「今日はもう帰る」

理沙の横顔は明らかに不機嫌になっていた。俺に振り回されている自分の境遇と宮間たちとをダブらせでもしたのだろう。ベッドから出ようとする理沙の腕を掴んで引き寄せる。

「この仕事終わったら、久しぶりに旅行でも行くか」

「本当？」

「ああ。行きたいとこに連れてってやる」

そう言うと乱暴に理沙にキスをする。理沙の吐息が聞こえてくる。

人を操るなんて簡単なことだ。


翌日。スタジオにある編集室にいた。

先日、ファミレスで撮影した映像に音を入れて、「リアリティドラマ」の第1話が完成した。

ふだんは裏方であり、決して観ることのできないドラマの脚本作りを公開し、地上波放送につなげるという今まで誰もやったことのない仕掛けを俺が最初にやることになる。

ファミレスではさっそく、吉野とおっさんが言い合っている不穏な様子が流れている。

この先のトラブルの予感を匂わせる上々な出来栄えだ。

完成した第1話に手応えを感じていたその時、携帯電話が鳴った。上司の関川さんだ。

「滝口。ちょっと本社までいいか？」

本社の会議室。

「まいったよ。次の10月クールの脚本家が決まらなくてな」

開口一番、関川さんがそう嘆いてきた。

「悪いけど、宮間を貸してくれないか？」

「無理ですよ。宮間は今、配信ドラマのほうに入ってもらっています」

「でも、聞いたぞ。今回は新人脚本家が書くって。宮間はそのサポートなんだろ？」

「サポートと言っても、ほとんどは宮間にコントロールしてもらう予定なので無理です」

まずい展開だ。今、宮間に抜けられたら、俺が考えた企画が台無しになる。

「そうは言ってもな。深見も他に脚本家を知らないって言うんだ。ベテラン脚本家とは組みたくないって言うしな……。まだ経験の浅い深見がのびのびやるなら、俺も宮間が適任だと思っているんだ」

何がまだ経験の浅い深見だ。不倫相手の深見に頼まれて、どうにかしたいだけだろ。だが、関川さんの言うことにも一理ある。新人のプロデューサーがどの脚本家と組んで仕事をするかは、重大な選択の一つだ。ベテラン脚本家と組んで作品を完全に預け、ただ原稿を受け取るだけに徹するか、もしくは新人脚本家と組んで、一から一緒に物語を考えていくか。仕事のおもしろさを取るならば、新人脚本家を選ぶことになるが、その場合はプロデューサー自身に物語を作る構成力がなければいけない。そうでなければ、新人が執筆に行き詰まったときに、共倒れする危険があるからだ。

そうなると、結果的に一番多く声がかかるのは、宮間のように何本も書いたことがある中堅脚本家になる。プロデューサーの指示を受け入れつつ、自分でちゃんとしたドラマの構成を練ることもできる。俺が手放せば、今、宮間と仕事をしたいプロデューサーはいくらでもいるだろう。だが、ここで宮間を渡すことはできない。

「申し訳ありませんが、宮間は渡せませんので。失礼します」

そう言い捨て、会議室を後にすると、入り口に宮間が立っていた。

「すみません。今日少し時間をいただけますか？　話したいことがありまして……」

「宮間……。どうした？」


俺と宮間は本社内にあるカフェに来ていた。

「すみません。今回の仕事、降ろさせてください……」

「お前、それ本気で言ってんのか？」

「はい……」

宮間はか細い声でそう返事をすると、うつむいたまま黙りこんだ。面倒なことになった。

今ここで宮間に降りられたら、おっさん一人になってしまう。そうなればリアリティ番組は成り立たない。なんとかしなければ……。

「4月の映画化前提の連続ドラマはやりたくないのか？」

「やりたいです……。でも、これ以上、吉野さんのサポートはできないっていうか……」

「今日第1話の完パケができたばかりだ。明日から配信が始まるんだぞ？　お前、番組潰す気か？」

「すみません……」

「ふざけるな。最後までやれ」

「すみません。できません……」

おかしい。いつもの宮間なら、多少強めに恫喝すれば、すぐ言うことを聞いてきたが、今回だけはやけに頑なだ。

「そうか。わかった。じゃあ、この企画は他の脚本家に振っていいってことだな」

そう言うと、俺は映画化ありきの連続ドラマの企画書を見せた。宮間の顔色が変わったのがわかる。自分がやるはずだった作品を他の誰かに取られることを脚本家は嫌がる。それが大型案件であれば、なおさらのことだ。

「どうした？　それでいいんだろ？」

宮間は黙ったままだ。あと一押しで宮間は落ちる。

「はい……。今回は降ります」

「おい？」

「本当にすみません……」

「わかったよ。じゃあ、もっとお前がやりやすくなるように考える」

「もういいんです。失礼します……」

立ち去ろうとする宮間を慌てて呼び止める。

「ちょっと待て。何があったんだ？　理由を言え」

「自分のプライドの問題です」

そう言うと、宮間は立ち去っていった。

信じられない。言いなりだと思っていた宮間が俺の仕事を断るなんて。あいつに二度と仕事を振ってやるもんか。誰のおかげで飯が食っていけてると思っているんだ！　宮間に対して怒りが湧き出てくるが、このまま逃がすわけにはいかない。ましてや、ここで宮間が降りたことが局内に広まり、10月クールの連ドラの脚本家として引き上げられたら終わりだ。どうにかしなければ……。その時、ふと新たな展開が頭をよぎる。そうか、これも全部リアリティショーにしてしまえばいいのか。俺は携帯を取り出すとおっさんに連絡を入れた。

「宮間先生が？」

「ああ。この企画から降りるって言い出してきたんだ」

「そうですか……」

六本木のカフェでおっさんと会っていた。調子に乗っているおっさんのトーンを下げて、一度宮間に頭を下げさせなければ。もちろん、その姿を「リアリティドラマ」として撮影するわけだが。

「ちょうどよかったです」

「え？」

「実は、僕も宮間先生が相手だとやりづらいと思っていまして……。できれば、一人でやりたいなって」

「いや、吉野さんはまだデビューもしてない新人だし、サポートがいたほうがいいと思いますよ」

「必要ないですよ。もう頭の中で物語ができてるんで」

「……」

何を言ってるんだ!? このおっさん……。開いた口がふさがらないとはこのことだ。調子に乗らせたのはこの俺であることは認めるが、ここまで調子に乗っているとは思わなかった。

「あの人、僕に嫉妬しているんですよ。この先、一緒に話を考えていったとしても、僕の才能潰すような発言しかしないと思います」

「そんなことはないですよ。宮間はもうプロとして何作もやっているんです。力だってあるし、いたほうが絶対吉野さんのドラマにプラスになりますよ」

「そうだとしても、僕は一人でやりたいです」

おい、どうすりゃいいんだ、このおっさんは。こうなればしかたない。今まで褒めることしかしてこなかったが、少しは現実を教えてやる。

「吉野さんが書いてくれたプロット。発想はとても気に入っているし、好きなんだけど、宮間が言うとおり、あのままでは予算が足りなくて形にはできないんですよ」

「そうなんですか?」

「主人公が超能力を使う『ストレンジャー・シングス 未知の世界』的な展開も、ゾンビになった女子高生が街を荒らし始める『ウォーキング・デッド』的な展開もお金がかかりすぎます」

「そうですかね……」

そうですかね……じゃないだろ。バカなのか⁉

「あ、だったら僕が書いたプロットで、クラウドファンディングをやってみたらどうでしょうか？」

「クラウドファンディング……」

「絶対お金集まると思うんです。その様子をネットで公開していければ盛り上がったりしませんかね？」

ダメだ……。まったく話が通じない。このおっさんとの仕事を投げ出した宮間の気持ちがわかる気がした。このままでは俺の企画が崩壊する。明日からネット公開を控えているというのに……。

「吉野さん、この後のスケジュールって、どうなっていますか？」

「え？」

「他に何か脚本の仕事が？」

「いや、それはまだ……」

「あ、よかった。だったら、この企画に興味ないですかね？」

そう言うと、映画化前提の連ドラの企画書を見せる。宮間に見せたものと同じものだ。

「え？　これを僕がですか……!?」

おっさんが高揚したのがわかる。ここはなんとしても丸めこまなければ。

「まだ脚本家を決めてなくて。今回の吉野さんの脚本見て、いけそうだったらぜひトライしてもらいたいなとは思っているんですけどね」

「がんばります！　やらせてください！」

「でも、一つ問題がありまして……」

「問題って？」

「この企画、最初に宮間に声をかけてしまったんですよ」

「そうなんですか……」

一瞬にしておっさんの顔が曇ったのが見て取れる。よほど宮間のことが嫌いになっているようだ。

「宮間と僕は付き合いが長いんです。この大型企画を、宮間の生徒である吉野さんに振ったとなれば角が立つ。先に声をかけていたとなればなおさらです」

「たしかにそれは……」

「だから今回の企画は、宮間を外したくないんです。もしかしたら、僕が宮間と組む最後の仕事になるかもしれない」

「なるほど……。そういうことですね。わかりました。だったら、僕うまくやるようにしますよ」

「ありがとうございます。では、宮間と一席設けるので、そこで謝ってもらえたら」

「わかりました」

「あ、それと、この大型企画の件は、まだ宮間には内密でお願いしますね」

「もちろんです！」

なんとか言いくるめることができ、ホッと胸を撫で下ろした。あとは頑なになっている宮間をどう呼び出すかだ。

第7話 若手脚本家、宮間竜介 3

「すみません。今回の仕事、降ろさせてください……」

ずっと言えなかった言葉を言えた。

その帰り道。いつもどんよりとした気持ちで歩いていたこの並木道が、今日はとても心地よく感じる。仕事を失う恐怖から、今まで滝口プロデューサーの言いなりになっていた。それが今日、ようやく解放された気がしていた。

断るきっかけを作ってくれたのは、渚にほかならない。スマホを取り出すと、渚にＬＩＮＥをした。

あの仕事断ることができたよ。ありがとう。

渚と言い合いになったあの時に、この決断ができていれば、今もまだ付き合っていただろうか……。胸を張って脚本家だと言える日が来たら、渚に会いに行きたいと思っている。そのためにも次の仕事を見つけなくては……。今まであまり気乗りしてこなかったが、仕事を得るために、ある場所に向かっていた。

渋谷の宮益坂の一角に雑居ビルがある。そこの3階に目当ての場所があった。株式会社JUKE。脚本家を集めたマネージメント事務所だ。その一室で、僕は社長の梶野さんと向き合っていた。歳は50代半ばぐらいだろうか。社長のイメージとは程遠く、パーカーにジーパンといったラフな格好をしている。そのぶん、こっちも気負うことなく話せる相手だ。

「いやぁ、連絡もらって嬉しかったですよ。今じゃ売れっ子の宮間先生ですからね」

「いえ……そんなことは」

「またまた～。うちの事務所の若手たちはみんな言っていますよ。宮間先生みたいになりたいって」

「ありがとうございます……」

僕がコンクールで入賞した時に、「うちの事務所に入らないか?」と真っ先に声をかけてくれたのが梶野さんだった。だが、その時にはすでに滝口プロデューサーと連ドラの立ち上げをしていた。事務所になど入らなくても、自分一人でやっていける。その時は本気でそう思っていた。

「それで、相談したいこととは?」

「ずっと同じ局……といいますか、同じプロデューサーとばかり仕事しているので、新しい人と仕事をしてみたいと思っていまして……」

「わかりますよ。デビューからずっと滝口プロデューサーとですもんね」

「はい……」

「もちろん、うちに入ってもらえたら、他にいくらでも仕事を紹介できますよ」

「ありがとうございます」

ここ1年ぐらい、脚本家事務所に所属するという選択肢は常に頭の中にあった。スケジュール管理からギャラ交渉まですべてを任せられるので、仕事の幅は広がる。だけど一方で、ギャラの3割を取られることに抵抗があった。若手はただでさえギャラが安い。その上、3割取られたら生活は苦しくなる。

「今、何か決まっている仕事はありますか?」

「来年の4月クールに映画化ありきの連ドラの話が決まっていたんですが、それもなくなってしまって……」

「え、来年の4月？」

「はい」

「それって、滝口プロデューサーと？」

「そうですけど……何か？」

「あ、いや。それじゃ、うちに所属の件、ゆっくりでいいんで考えてみてください」

「はい……」

梶野さんが一瞬見せた怪訝な表情。それがなんだか引っかかった。


事務所を出ると、16時を過ぎていた。今は特にすることもない。まっすぐ家に帰ろうと思っていたが、寄り道をすることにした。向かった先は、事務所近くにあったカフェバーだ。

窓際の席に座り、生ビールを飲む。忙しなく歩く人たちを見ながら、ふと思う。思えばずっと走り続けてきた。こうして、仕事もせずにゆっくり寛ぐことなんて、何年ぶりのことか。常に締め切りに追われ、心の余裕がなくなり、精神は削られた。その結果、渚とも別れてしまった。新進気鋭の若手脚本家という名声は得たのかもしれないが、失ったもののほうが遥かに大きかったことにいまさらながらに気づく。

スマホを取り出して、ＬＩＮＥを開く。渚に送ったメッセージは、まだ既読がついていなかった。ため息でスマホをテーブルに置いたその時、着信が入った。渚!? 急いでスマホを取りディスプレイを見たが、相手は違った。


「悪いな、呼び出して」

「いえ……」

時刻は19時。六本木にある中華料理店の個室にいた。目の前には、滝口プロデューサーがいる。仕事を降りると口にしてから、まだ8時間しか経っていないというのに、常に人を見下したようなこの顔をまた見ることになるとは……。

「お前に降りると言われてから、おっさんに話をしたんだ」

「すみません、電話でも言いましたが、あの仕事はもう――」

「まあ、聞けよ。おっさんは自分が悪かったって反省してた」

「いまさらそんなこと言われても……」

「わかってるよ。おっさんに、どうしてもお前に謝りたいから呼んでくれ、って頼まれたんだよ」

「え？　呼んでくれって……？」

「あと10分くらいで来るから」

「いや、別に僕は謝ってもらいたくもないし」

と、口にした時、個室にカメラマンと音声スタッフが入ってきた。

「なんですかこれ？」

「決まってんだろ。おっさんが謝罪するところを撮影するんだ」

「ちょっと待ってくださいよ！　僕はもう降りたんです」

「ふざけるな！『リアリティドラマ』はもう始まっているんだ。第1話のオンエアだって、明日に控えている。お前が降りるなら、その様子も撮らないと番組として破綻するだろ。それとも何か？　これは俺への嫌がらせか？」

「いえ、そんなつもりは……」

「だったら、最後ちゃんとおっさんの謝罪聞いて、それで降りたきゃ降りろ」

「……わかりました」

それから30分後、撮影が始まった――。

目の前には吉野さんが座っている。ここに来てから、まだ一度も僕と目を合わそうとはしてこない。そのくせ、カメラが回った途端、すぐに口を開いてきた。

「先生……生意気言って、本当にすみませんでした」

謝りかたが、どこか芝居がかっている。とても本心で口にしているとは思えない。

「謝る必要なんてありませんよ。吉野さんが好きなように書いたらいいと思います。これは、吉野さんの作品なんですから」

「いや、それはできません。先生のサポートがないと」

「できますよ。おもしろくする自信があったじゃないですか」

「違うんです……。あれからよく考えてみたら、確かに先生の言うとおりだなと思いまして……」

そんなわけない。あれだけ前のめりになっていた人間が、急にこんな態度を変えるか？

その時、吉野さんがふとカメラの後ろに立つ滝口プロデューサーを見た。なるほど、やはりそういうことか。この謝罪は滝口プロデューサーに言われてしているのだ。最後までこんな茶番劇に付き合わされるとは……つくづく自分が情けない。

「僕はもうこのプロジェクトからは降りると決めたので、あとは吉野さん一人でがんばってください」

「どうしても……一緒にやってくれませんか？」

「ごめんなさい」

とその時だった。うつむいた吉野さんの肩が震え出す。え？　泣いてる⁉

「もっと先生に……教えてもらいたかったです……」

声を絞り出しながら、そう口にしてきた。

「先生がいう筋書きどおりに書きます。だからお願いします……。一緒にやってください」

深々と頭を下げてくる。なんだよ、これ⁉　勘弁してくれよ。これじゃ、まるで僕が悪者みたいじゃないか。カメラの後ろで笑っている滝口プロデューサーが目に入った。


その夜。急いで家に帰り、帰り際に滝口プロデューサーから手渡された「リアリティドラマ」の第1話の完成品をDVDプレイヤーに押し込んだ。音楽とともに華やかなオープニングが流れ始める。最初こそ、新進気鋭の若手脚本家として華々しく紹介されていたが、時間が進むにつれて、この物語の主役が吉野さんであることに気づく。

この「リアリティドラマ」の構図はこうだ。シナリオ教室で落ちこぼれだと思われていた40歳を過ぎた吉野さんが、ドラマ執筆のチャンスをつかむシンデレラストーリー。そこに立ちはだかるのは、新進気鋭の若手脚本家。最も多くの尺を使って流されたのは、吉野さんが三日三晩寝ないで必死にプロットを仕上げた場面と、そのプロットに対して僕がことごとくダメ出しをしている場面だった。悪意のある編集とカット割により、明らかに僕が悪者になるようなつくりになっていた。つくり手の意図が見て取れる。〝オールドルーキーの生徒が新進気鋭の若手脚本家に挑んでいく〟。それを軸に、この先展開していくことを示唆していた。これを観た視聴者が誰を応援するかは明白だった。

そして、僕の予想は的中した。

午前0時。「リアリティドラマ」の第1話の配信が始まると、反響はすぐにあった。視聴した人たちのコメントが次々に動画サイトに投稿されていく。そのほとんどは、オールドルーキーの吉野さんを応援するものだった。

がんばれ！　吉野さん！
何歳になっても夢追っているなんて、マジ感動した！
若者に負けるな！

その一方で、僕はネット社会の中で完全に悪者となっていた。

吉野さんへの応援コメントと呼応するように、僕に対する辛辣な言葉が投稿されていく。

自分の生徒ならもっと応援してやれよ。

何こいつ？　二度と宮間のドラマ観ねー。

吉野さんに嫉妬してね？　情けなさすぎる。


冗談じゃない！　何があってこうなっているのか、何も知らないくせに。だいたい、これは「リアリティドラマ」なんかじゃない。大部分がカットされ、編集された作り物だ。乱暴にパソコンを閉じるとベッドに横になり、気分を落ち着かせようと深呼吸をした。この仕事はもう降りたんだ。早く次の仕事を見つける。それだけに集中するのだと、自分に言い聞かせた。


翌朝──。スマホの着信音で目覚めた。

「はい」

「朝からすみません。梶野です」

「あ、はい。おはようございます」

「けっこうな反響ですね。昨夜から始まった『リアリティドラマ』」

「ええ……。でもあれは」

「わかっていますよ。滝口さんにうまいことやられたんですよね」

「はい……」

梶野さんの言葉で、少しだけホッとする自分がいた。同業の人には、あの編集に悪意があることはちゃんと伝わっているのだと。

「電話したのはですね、来年の４月クールの連ドラの話をしていましたよね？　映画化ありきの」

「はい……」

「その話を聞いて、おかしいなと思って」

「おかしいって？」

「その企画、だいぶ前から脚本家が決まっていると聞いていたので」

「え？」

「それで、昨日あの後、知り合いのプロデューサーに聞いてみたんですよ。そしたら、企画当初から大御所作家の松岡聡さんでいくことが決まっていたって」

「どういうことですか……？」

「滝口さんのことだから、宮間くんを離したくなくて、適当にうまいことを言ったんじゃないんですかね」

返す言葉が見つからなかった。僕はまんまと滝口プロデューサーの口車に乗せられていたのか？

「それと、これもその時に聞いたんだけど。宮間くんに別のプロデューサーが担当する10月クールの話があったらしいですよ」

「10月の？　いえ、そんな話、全然耳に入ってきてませんけど」

「それがですね、今回の配信ドラマを理由に滝口さんが断ったって」

一瞬で頭が真っ白になった。

「今はいろいろ大変でしょうが、事務所に入れば、こういうトラブルもないので。前向きに検討してみてください」

「はい……。失礼します」

電話を切っても、すぐには動くことができなかった。あの野郎……。人の人生をなんだと思っているんだ！　怒りが頂点に達し、発狂しそうだった。今すぐ電話して、どういうことかと問い詰めてやる。滝口プロデューサーに電話をかけようとしたその時、手が止まった。いや、それじゃダメだ。どうせいつもの口八丁でやり込められて終わり。いくら文句を言ったところで、勝ち目があるとは思えない。だとしたら……。

息をゆっくりと吐くと、滝口プロデューサーに電話をかけた。

「おう、宮間。どうした？」

配信が好評だからか、声がいつもより明るい。

「すみませんでした。降りると言ったあの話、撤回させてもらえませんか？」

滝口プロデューサーが笑い出した。

「やっぱな。そうくると思ったよ。反響見たんだろ？　今降りたら、お前は悪者のままだからな」

「ええ……。そうですね」

「明日14時、本社の会議室に来い。撮影するぞ」

「わかりました」

そう言うと電話を切る。これでいい。あの男にやられたまま、引き下がるなんてできない。こうなったら、とことん付き合ってやる。ただ、最後に地獄を見るのは〝滝口〟のほうだ。

翌日の14時、テレビ局本社の会議室。

僕は吉野さんと対峙している。それを滝口プロデューサーが見ている。

「よし、じゃあカメラ回すぞ」

滝口プロデューサーのその声で、カメラが回り始めた。

ここから、僕の逆襲が始まる——。

最終話

崖っぷち男たちの逆襲

「お疲れさまでした。お先に失礼します」

テレビ局本社でネット配信の収録を終え、会議室を後にしようとしていた。

「おう、宮間」

滝口プロデューサーが呼び止める。

「はい」

「よく戻ってきたな。このプロジェクト、絶対成功させるからな」

そう言うと、めずらしく僕に向かって笑いかけてきた。滝口プロデューサーの背後で、吉野さんも笑顔でうなずいているのが見える。今や、すっかり滝口の手下と化している。

わかっている。まず攻めるべきはここからだ。

僕はあえて笑顔でうなずくと、会議室を後にした。

セキュリティゲートを抜けて、本社のロビーにやってきた。

来客用のソファに腰を掛け、先ほどの収録を思い返す。

カメラの前での僕は、ピエロそのものだった。オールドルーキーに嫉妬し、イジメ抜く若手脚本家。徹底的にその役割を演じた。吉野さんのアイデアを潰し、自分の意見を押し通した。どこからどう見ても、僕が悪者に映るだろう。

それこそが、滝口プロデューサーが思い望む番組構成そのものだ。その証拠に、あの男はカメラ脇で満足そうに笑いながら見ていた。これでいい……。今はまだ。

セキュリティゲートからお目当ての男が出てくるのが見えた。僕は立ち上がると声をかける。

「吉野さん、ちょっといいですか?」

「え? あ、はい……。なんでしょうか……?」

突然話しかけられ、動揺で目が泳いでいるのがわかる。

「ここではちょっと。大事な話があるんです」

僕は吉野さんを連れて、本社から少し離れたカフェに来ていた。吉野さんは僕の前で目を伏せたままアイスティーを飲んでいる。僕から何を言われるのか、相当警戒をしているのだろう。体は強ばり、グラスを持つ手に力が入っているのがわかる。

「吉野さん?」

「は、はい!」

「僕たちは滝口さんに利用されています」

「え、利用って……?」

「配信で僕たちをけんかさせることで炎上させて、話題を作ろうとしています。そうやってでき上がったドラマを地上波で放送して、視聴率を稼ごうとしているんですよ」

「いや、でも……」

反論しようとする吉野さんをさえぎり、話を続ける。

「こんなこと言いたくありませんが、吉野さんは今回の『リアリティドラマ』の企画が終われば、捨てられて終わりです」

「え……」

「僕の前で、滝口さんがそうはっきり言ったんです」

「嘘ですよ……そんなこと。だって、僕には来年の連ドラの話だって」

「映画化込みの大型企画ですよね？」

「え、はい……」

「僕も同じ企画の話をされました」

「そ、それは滝口さんから聞いています！　けど、僕にチャレンジしてほしいって……」

「嘘なんですよ」

「嘘？」

「その企画、もう別の脚本家で動いているんです」

「は？」

「僕もそれを知ったのは最近です」

「そんなの……」

「情報源はここです」

そう言うと、梶野さんの名刺をテーブルの上に置く。

「ここは脚本家のマネージメントをしている事務所です。嘘だと思うなら、ここに電話して聞いてみてください」

吉野さんはジッと名刺を見つめると、やがて心を決めたように立ち上がり、その場を離れて電話をかけ始めた。やはり、僕だけの言葉では信じてはもらえなかったか……。

店の一角で話す吉野さんを見ながら、アイスコーヒーが入ったグラスを手に取った。

氷はすっかり溶けている。苦味が消えたアイスコーヒーを飲みながら、吉野さんの様子を観察していると、次第に吉野さんの顔が曇っていくのが見て取れた。その時、ふと吉野さんが背を向けると、小さく肩を震わせ始めた。

泣いているのか？

自分の実力を過信しすぎていた感は否めないものの、さすがに同情する。この人もまた滝口に踊らされている被害者なのだと。

電話を終えると、すっかり力の抜けた吉野さんが席へと戻ってきた。うつむいているため、その表情はうかがい知れない。吉野さんが席につく前に、僕は声をかけた。

「吉野さん、僕に考えがあります。手を組みませんか？」

吉野さんがフッと顔を上げる。その目は涙でにじんでいた。

三ヶ月後――。テレビ局本社の会議室で、「リアリティドラマ」の配信収録が行われていた。

「あー、これ全然おもしろくなっていませんね。これじゃ、前の稿のほうがまだ良かったです」

僕は吉野さんが徹夜で書き直してきた脚本にダメ出しをしていた。

プロットから脚本の形式にはなったものの、すでに20回以上も書き直しをさせている。

脚本の大筋はこうだ。〝ある日、超能力を持つようになった私立高校の清掃員である中年男が、学校内を襲うゾンビと化した女子高生と対決し、学校を救う話〟。ゾンビが荒らす場所を学校内に限定したことで、予算的にも何とか成立する話にまとめていた。だが、肝心の主人公の男の背景が定まらず、吉野さんには、主人公に愛着が持てないという欠点の改善と、ゾンビと化した女子高生にも悲しい背景がほしいとオーダーを出していた。

「主人公が施設育ちっていう設定も唐突だし、ゾンビ女子高生の母子家庭設定も、今のままじゃ、まったくストーリーに効果的じゃありません」

「待ってくださいよ。僕は前回宮間先生が言ったとおりの設定を……」

「言ったとおりに書くだけなら、ただの書記じゃないですか。これは吉野さんの脚本なんですよね？　もっと吉野さんしか書けないクリエイティブなものを見せてくださいよ」

「わかりました……。また直してきます」

そう言うと吉野さんは、原稿とペンを鞄にしまい、会議室を出ていこうとする。

「あ、吉野さん」

ドア前で吉野さんが振り返る。

「直しは明日の午前中までにお願いしますね。撮影が迫っているんで」

「はい……」

吉野さんは力のない声でうなずくと出ていった。

僕は一人会議室に残され、苛立ちの表情を浮かべる――。

「ハイ、カット」

会議室の一角。カメラ横で一連の様子を見ていた滝口プロデューサーの声がした。

「いいぞ、宮間。あれくらいはっきり言ってやらねえとわからないからな。あのおっさんは」

滝口プロデューサーは上機嫌だ。毎週水曜日に配信されている「リアリティドラマ」は、回を追うごとに評判となり、再生率が上がっていた。人気の理由は単純だ。もともとは自分の生徒であったオールドルーキーへの醜き嫉妬。若くして連続ドラマを書いていた新進気鋭の脚本家の転落人生。配信当初こそ、SNS上では吉野さんを応援する書き込みが多かったが、今では僕への批判コメントであふれ返っている。そこに人間の心理を見た気がした。

自分より劣っている人を見つけ、安全な場所から容赦なく攻撃する。誰かを貶めることで自分の存在価値を高めている。目の前にいるこの男もまた、その一人だ。

「滝口さん、明日まともに直ってこなかったらどうするんですか？　ドラマの撮影は来月ですよ」

「決まってんだろ。そのときは、お前が裏で書き直してやれ」

「……わかりました。でも、最後に一つだけお願いがあるんですけど」

「なんだ？」

「配信の最終回の収録、三浦海岸でやりたいんです」

「三浦海岸？」

「脚本のラストは三浦海岸で終わります。主人公が死んだゾンビ女子高生を抱きしめて泣くシーンです。配信のラストとドラマのラストシーンをリンクさせたいんです」

「リンクって？　配信をどう終わらせるつもりだ？」

「このまま僕だけが悪者で終わるのは、さすがにちょっとつらいというか……。だから、ベタですが脚本が完成したらラストシーンとなる三浦海岸に行って、吉野さんにつらく当たったことを謝りたいんです。完成させるにはキツく言うしかなかったって」

滝口プロデューサーが笑い出す。

「なるほどな。とことん反発した後に深まる師弟関係か。いいじゃないか。けど、まだ脚本が決定稿になるまで時間かかるだろ。最終日の収録には間に合うのか？」

「今のペースだとちょっと難しいかなと……。だから、最後は生配信にさせてもらえないかと思いまして」

「生配信?」

「はい……。生配信は海岸での場面だけでいいので。話題にもなると思うんです」

滝口プロデューサーが腕を組み、考え始めた。ここで断られたら、この先の計画が大きく狂ってしまう。頼む……了承してくれ。

沈黙の中、祈りながら滝口プロデューサーの次の言葉を待った。

「いいだろう。それでやってみるか」

その言葉でホッと胸をなで下ろした。さあ、本当の勝負はこれからだ。


その夜。狛江駅で降りると、スマホの地図アプリを頼りに、アパートへと向かった。目的地は駅から15分ほど歩いた場所にあった。1階の角部屋103号室の呼び鈴を鳴らすと、ドアが開き、吉野さんが顔を出した。

「遅くなってすみません。いいですか?」

「どうぞ……」

配信で部屋の様子を見たことはあったが、実際に入ってみるとかなり狭く、40を過ぎた男が住むには寂しすぎる部屋だった。だが、部屋の中は配信で見たときよりもきれいで、整理整頓されていた。ふとテーブルの上に目を向けると、女もののピアスが置かれていることに気づく。

へぇ。吉野さん、彼女がいたのか……。

「すみません、狭いところで……。どうぞここに座ってください」

そう言うと、吉野さんが座椅子を差し出してくれた。

「あ、すみません」

「今、何か飲み物を」

「おかまいなく。話をしたら、すぐに帰りますから」

「はい……」

「結論から言うと、滝口さんは生配信に賛成してくれました」

「そうですか……。あ、じゃあ本当にやるんですね？　例の計画」

「はい。予定どおり海岸で実行します」

「そうですか……」

「これ、当日の段取りを書いたものです。目を通して、頭に入れておいてください」

吉野さんは僕が差し出した冊子を受け取ると、中身を開いた。

「本当に……私にできるでしょうか？」

「大丈夫ですよ。僕にナイフを向けさえしてくれればいいですから。生配信中にそんな騒動が起きれば、一気に拡散されます。いつもの何倍、いや何十倍の人たちに視聴されます。そこで僕がすべてを言います。僕は滝口さんから命じられてやっていただけだって。僕らに嘘をついて、わざと対立させるように仕向けられていたんだって。それこそが本当のリアリティだって」

吉野さんは不安そうな表情で聞いている。

「もちろん、その後、吉野さんが僕にナイフを向けたのは、僕がそう頼んだからだと証言します。滝口さんの悪行を世に晒すには、この方法しかなかったんだって。だから安心してください。吉野さんが悪者になるようなことは、絶対にありませんから」

「わかりました……」

よかった……。今ここで吉野さんに降りると言われたら、元も子もない。

「じゃあ、今日、先生に指摘してもらった脚本の直しを急ぎます」

「その必要はありませんよ。僕が直しておきました。次の打ち合わせには、これを使ってください。これをもとに直せば、配信の最終日までには決定稿があがりますから」

そう言うと、僕は自分で書いてきた脚本を吉野さんに手渡した。

「すみません……。何から何まで……」

「いえ。復讐してやりましょう。あの男に」

「はい……」

最後まで吉野さんは不安そうな目をしていた。

帰り際、玄関で僕が靴を履いていると、背後から「先生」と吉野さんの声がした。

振り返った僕に、吉野さんが言った。

「すべて終わらせましょう」

一瞬、微笑んだように見えた吉野さんの表情にホッとした。


生配信当日。三浦海岸の防波堤で、収録開始の合図を待っていた。隣では吉野さんが落ち着かない様子で、何度も小さく息を吐いている。無理もない。大一番を前に相当緊張しているのだろう。生配信の外ロケということもあり、カメラマン、照明、音声スタッフたちが入念な準備を進めている。だが、その中に肝心の滝口プロデューサーの姿はない。

ここまでの計画で、唯一の誤算だった。

昨夜電話が入り、「急な打ち合わせが入った。生配信の現場には行けない」と告げられた。生配信中に本性を暴露されたときの焦った顔をこの目で見てやりたかったが、いまさら生配信を延期することもできず、滝口プロデューサー不在のまま、計画を遂行することになっていた。

「お待たせしました。では、回し始めます」

カメラマンの声がした。いよいよ、僕の、いや〝僕たち〟の逆襲が始まる——。

高鳴る胸の鼓動を抑えるため、大きく一つ息を吐くと、吉野さんに話しかけた。

「脚本お疲れさまでした。あとは撮影を待つだけですね」

隣で吉野さんがコクリと小さくうなずく。

僕と吉野さんを夕日が照らしていた。まるで青春映画の一幕のような光景だ。

「脱稿するまで、さんざん生意気なこと言ってすみませんでした……。吉野さんに対して失礼なこともたくさん言ってしまったかもしれません。本当にごめんなさい」

吉野さんは神妙な顔でうつむいている。ここまで予定どおりの展開だった。生配信で僕が今までのことを謝罪する。だが、納得のいかない吉野さんが僕に歯向かい、けんかとなる。そして、吉野さんがナイフを取り出し、ひと暴れしたところで、僕が滝口プロデューサーの悪行をぶちまける。さあ、次は吉野さんのターンだ。

「先生……。やっぱり、納得いかないんです」

吉野さんが思い詰めたような真剣な表情で、僕を見つめてきた。

「納得できないって、何がですか？」

「脚本家になることが昔からの夢だったんです。そのために、定職にも就かず、この歳でアルバイト生活をして耐え忍んできたんです！」

定職につかないことと、脚本家になることとの相関関係はよくわからないが、なかなか迫真の演技だ。脚本家よりも役者のほうが向いているんじゃないのかとさえ思う。

「どうしたんですか？　何が納得いかないんですか？」

「何もかも。全部ですよ！」

「そんなこと言われたって、わかりませんって」

「俺は……もう終わりですよ……。脚本家になれないのなら、俺はもう……」

吉野さんはそう言うと、隠し持っていたナイフを取り出した。

きた！

とっさに吉野さんの前に立ちふさがり、カメラから映らないように死角を作った。さすがにナイフを手に暴れ出したら、撮影はストップされ、スタッフが制止しに来てしまう。ナイフが見えるのは刺されそうになる直前。それまでは揉めている姿と音声だけが流れるよう注意しなければ……。

「よ、吉野さん……？　何をしているんですか……？」

「滝口さんが言ってくれたんです。今回のドラマが終わったら、次は映画化が決まってい
る連ドラを書けるって。俺には才能があるって……なのに……それなのに……」

「ちょっと……？　待ってくださいよ？」

「先生、ごめんなさい……」

今だ！　ここで滝口の悪行を全部暴露してやる。

「待ってくださいって！　僕だって同じですよ！　滝口さんに映画化が決まった連ドラの
話を――」

と、その時だった。腹部に鈍い痛みを感じた。

「え？」

ゆっくりと下を向くと、ナイフが刺さっていた。血が滴り落ちているのも見える。再び
顔をあげると目の前の吉野さんを見た。瞳孔が開き、興奮状態にあることが見て取れる。

は？　お前、何やってんだよ!?

「先生……。俺と……俺と一緒に死んでください……」

なんだよそれ!?

異変に気づいたスタッフたちが、駆け寄ってくるのが見える。

腹部からナイフが引き抜かれると、僕は海へと落ちた――。

――吉野の場合

目の前で宮間先生が海へ落ちた。これで死んでくれただろうか？

手にしているナイフからは、血が滴り落ちている。何かを叫びながらスタッフたちが急いで駆けてくるのが見えるが、不思議と耳には届かない。ただ激しく脈打つ胸の鼓動だけが聞こえていた。

そうだ。俺も死ななきゃ。終わりにしなきゃ。

血だらけのナイフを自分の腹部に突き刺そうとした時、スタッフによって、その手を止められた。必死に抵抗するも、力ずくで押さえられて動けなくなった。

三ヶ月前――。

俺はカジュアルバーでビールを飲みながらパソコンを広げ、脚本を書いていた。

「吉野さん、ごめんなさい。遅れちゃって」

その声で顔を上げると、グレーで短めのトップスと、スッキリとした黒いパンツを履いた竹田店長が立っていた。

「私もビールにしようかな」

そう言うと、竹田店長はカウンターへと向かった。

今までファミレスの制服姿しか見てこなかったからか、私服姿の竹田店長を見て、案外悪くないなと初めて思った。もしかして、この日のためにわざわざ着飾ったのだろうか？

竹田店長はビールジョッキを片手に持ち戻ってくると、俺の前に座った。

「はい、お疲れさま～」

慌ててジョッキを手にすると、グラスを合わせた。

「何？　さっきからジッと見ちゃって」

「え？　あ、いや……なんか竹田店長の雰囲気がいつもと違うなと……」

「ねぇ、外で竹田店長ってやめてよ」

笑いながらそう口にすると、竹田店長はグイッとビールを飲んだ。

「すみません……。じゃあ、なんて呼べば？」

「そうねぇ。下の名前で。朋子さんとか、朋ちゃんとか」

竹田店長がのぞき込むような目で俺を見たので、思わず目をそらす。

「あ、じゃあ、朋子さんで」

「うん。じゃ、それで」

それからの記憶は曖昧だ。二人でどれだけ飲んだだろうか。ビール、ハイボール、白ワインに赤ワインと次々に飲み干した。

そして、気がつけば、自宅の狭いシングルベッドの上にいた。

隣にはまだ寝息を立てている朋子さんがいる。床には俺と朋子さんの服が脱ぎ捨てられている。それはまるで昨夜の二人の抜け殻のように見えた。

この女と寝たのか……!?

隣で眠っている朋子さんの横顔をマジマジと見てみる。思えば、こうしてプライベートで女と寝たのは何年？　いや何十年ぶりだろうか。

〝中年のフリーター〟から〝新人脚本家〟へと看板が変わっただけで、早くも一人の女を抱くことができた。これが肩書きの力というやつか。

女は才能ある男に寄ってくるのだと聞いたことがある。

そうか、そうだよ！　これから俺には、もっと若くていい女が何人も寄ってくるに違いない！

そう思うと、心の底から笑みがあふれた。それまでは、この女をそばにいさせよう。

その時、寝返りを打った朋子さんが目を覚ました。

「おはよう」

俺の目を見つめると、やけに甘い声を出してきた。

俺は朋子さんをそっと抱き寄せる。ドラマで何度も見たことのある、ありふれた展開だ。そのおかげか、初めてのシチュエーションでも動揺することがなかった。脳内では、今の俺は月9の主演俳優だ。


それから数日の間、彼女は毎日のように家にやってきた。

呼び名は朋子さんから、朋ちゃんに変わり、今では朋子と呼んでいる。

向こうも俺のことを、吉野さんから純くんと呼ぶようになっていた。

若くていい女が寄ってくるまでの〝つなぎの女〟であったはずが、この数日の間にすっかりどハマりしている俺がいた。

料理、洗濯、執筆のサポート、夜の営み……。何から何まで献身的な女だった。こんなにもいい女が、なぜずっと独身でいるのか？　心底疑問に思う。

朋子のサポートのもと、俺は脚本家デビューに向けての脚本直しを日々繰り返し、配信の収録をこなしていた。何もかもが順調に見えた、あの日までは。


テレビ局での配信収録を終えた日。宮間先生から呼び止められ、滝口さんに利用されていると聞かされた。最初は信じられなかったが、脚本家のエージェント会社の人から話を聞いたことで、それが本当だとわかった。崖の下へ突き落とされたような気分だった。

家に戻ると、仕事前の朋子がかいがいしく夕食を作ってくれていた。狭い台所に立つ朋子の後ろ姿が愛おしくて、背後から抱きしめた。

「純くん？　どうしたの？」

「好きだ……」

初めて朋子に向かって、そう口にした。

「私もだよ」

向き合うと、キツく抱きしめ合った。そうだ、俺にはこの女がいる。たとえ、脚本家の道を断たれたとしても、朋子がいてくれるなら……。その時だった。

「脚本家デビューが決まったら、親にも会ってほしい」

「え……」

「実はね、母にはもう話しているの。今、交際している人がいるって。その人、うちでバイトをしていたんだけど、夢を追いかけて、やっと叶えるところだって。今度、映画の脚本も書くんだってね。そしたら、父と一緒に配信も観てくれたみたいで、すっかりファンになっちゃってね」

無邪気に笑いながら、朋子がそう口にした。

「そうなんだ……」

やっとの思いでそう返す。

「父も母も、口では言わなかったけど、私には彼氏もいなくて生涯独身だと思って悲しんでいたから、泣いて喜んでくれたよ。あ、もちろん結婚とか、そんなのまだわからないよって言ったんだけどね。交際したばかりだからって」

そうだ。俺は、曲がりなりにも〝脚本家〟という肩書きがあるからこいつも寄ってきたにすぎない。きっと、すべてがなくなるとわかれば、離れていくに決まっている。

俺の不安も知らずに、俺が好きな生姜焼きを朋子が皿に盛りつけている。

その姿を見ていると、でも、本当にそうだろうか？と疑問が湧き出てくる。ここ数日、少なくとも長く一緒にいることで、俺の人間性にも興味を持ってくれたはずなのでは？と。

いや、きっとそうだ。そうに違いない。

「朋子」

「ん？」

「もしさ、もし脚本家になることを辞めるって言ったらどうする？」

「え？　いや、いまさらないよね。せっかく大きなチャンスをつかんだのに」

「だから、もしもの話だよ」

「辞めてどうするの？」

「どうするって……。とりあえず、またバイトからとか」

「何それ」

「何それじゃなくて、どうなんだよ？」

「やめてよ。冗談でもそんなこと言わないで！」

冷たい口調で言い返された。

その冷たい表情は、俺がまだ何者でもないファミレスのバイト時代に、よく注意されたときと同じだった。あの虫ケラでも見るような冷たい目。

そう、俺はこの女にそんなふうに見られていたんだ。

朋子がぎゅっと抱きしめてきた。

「順調すぎて不安なのはわかるけど。大丈夫、私がいるから」

「うん……」

「じゃ、仕事行ってくるね！」

そう言うと、家を出ていった。

俺は何もかも失うのか……。

脚本家の夢も、あの女も。だとしたら、この先、生きる意味なんてあるのか？　配信で顔を晒し、いっときの娯楽品として消費された挙げ句に、すべてを失うこの俺に……。終わりにするか。でも一人で終わらせる勇気は俺にはない。誰か道連れになってくれる人がいたら。誰か、俺と一緒に……。

——滝口の場合

クソッ！　あの野郎。なんてことをしてくれたんだ！

「運転手さん、もっと急いでくれ」

事件は突然起きた。目黒のシティホテルで生配信を見ていたら、おっさんが宮間を刺しやがった。生配信中に起きた殺傷事件。

すぐ本社にいる上長から「現場はどうなっているんだ!?」と怒りの電話がかかってきた。

「今どこにいる？　なぜ現場にいないんだ!!」

急いで本社に向かう中、どう言い訳をすればいいのか必死に頭をめぐらせているが、一向にいい答えは見つからない。番組内で事件を起こすなど前代未聞だ。この失態の代償は計り知れない。ドラマ企画部から追放されるのはもちろんのこと、下手すれば系列会社へと左遷されるかもしれない。

どうする？　どうすればこの状況を打開できるんだ⁉

本社到着まであと約10分。その間に考えなければ……。

と、その時、携帯が鳴った。舌打ちをする。どうせ本社から「早く来い」という連絡だろう。ポケットから携帯を取り出し、ディスプレイを見ると、一瞬動きが止まった。

「車を止めて‼」

車が急停車したのと同時に、電話に出た。

「俺です。いったいどうしたんですか⁉」

——宮間の場合

目覚めると、病院のベッドの上にいた。

「宮間さん？　大丈夫ですか？」

目の前にいた看護師さんが声をかけてきた。かすかにうなずいてみせる。

「今、先生を呼んできますね！」

そう言うと、慌ただしく病室を出ていった。

そうか。助かったのか……。

吉野さんに刺され、はずみで海に落ちた。そこまでは覚えている。その後のことは記憶にない。僕はどうやって生き延びたんだ？

その答えはすぐにわかった。意識を取り戻し、会話ができるとわかるや否や、病室に所轄署の刑事二人組がやってきた。

二人組の刑事のうち、30代くらいだろうか、短髪で目が細く、無愛想な男のほうが、僕に何が起きたのかを説明してくれた。

腹部を刺され海に落ちはしたが、運がいいことにその近くで漁船が走っていた。海中へと沈んでいく僕を、漁師の人たちが引っ張り上げてくれたとのことだった。腹の傷のほうも、内臓まで達するほどの深い傷ではなかったらしい。使用した凶器が果物ナイフだったことが幸いしたとのことだった。それを聞いて複雑な気分になった。そのナイフを用意したのは僕自身だ。自分自身に救われたということか。

「あの、吉野さんは……？」

「逃走中です」

「え？」

「宮間さんを刺した後、自らも死のうとしてスタッフに止められたんですが、振り払い、その場から逃げ去っていきました。今、行方を追っています」

「そうですか……」

「吉野さんとの間に、どんなトラブルがあったのか話してくれませんか？」

そう言われても、なんて答えていいのかわからなかった。生配信中にナイフで脅すよう指示をしたのは、まぎれもなくこの僕だ。話をするならば、なぜ吉野さんにそんなことをさせたのか。そこから説明をしなければならない。隠したところで、いつかバレる。だったら、今ここですべてを話すべきだ。

「すみません……。実はあの生配信中に――」

と、口を開いた時だった。年配刑事の携帯電話が鳴る。

「ごめんなさい。ちょっと失礼。おい」

年配刑事が若手の刑事を連れて病室を出ていった。いったい何が起きたのだろう？　二人が出ていってから、なんて話せば伝わるのか、頭の中を整理することにした。ここは脚本家の腕の見せ所だ。話を簡潔にまとめて、伝えたい重要なセリフを際立たせる。

そこへ、再び刑事さんたちが戻ってきた。どことなく、二人の顔がさっきより険しくなっている気がした。若手の刑事が口を開く。

「たった今、吉野さんが自首しました」

「え？　あ、そうですか……。よかったです」

「吉野さんの証言では、生配信中の間に、あなたからナイフで刺すように頼まれただけだと言っているそうです」

「は？」

「どうなんですか？」

「いや、どうって……」

一瞬にして頭がフリーズした。何がどうなっているんだ？

――滝口の場合

警察署から出てくると振り返り、まだ明かりがついている3階を見上げた。

今、まさにあの場所で、おっさんが取り調べを受けている最中だ。

おっさんに自首を勧めたのは、この俺だ。タクシーで本社に向かっている途中、おっさんから電話が入った。電話に出るなり、ものすごい剣幕でおっさんがまくし立ててきた。

「宮間先生から全部聞いたぞ！　俺に才能があるって話も、映画の企画も、全部嘘だったんだな！」

だが、おかげでおっさんがなぜ暴走したのか理解できた。宮間がおっさんに本当のことを言いやがったんだ。

おっさんは涙声でひたすら暴言を吐き続けている。

「嘘つき野郎。絶対に許さない。こうなったのは全部お前のせいだ！」

とても脚本家志望の語彙力とは思えない幼稚な暴言を口にするおっさんを、俺は一瞬でなだめた。

「大丈夫です。僕ならあなたを助けてあげられます」

その言葉で、おっさんが押し黙った。


おっさんが身を潜めていたのは、狛江にある前原公園だった。

宮間を刺した後、その場から逃亡し、自宅へと向かったが、すでにそこには警察がいて戻ることができず、近場の公園に隠れていたとのことだった。

誰もいない夜の公園に行ってみると、遊具の中で縮こまっているおっさんが見えた。近くの木には、ロープがくくられている。死のうとしたが、死にきれなかったのだろう。

というか、こんな住宅街の目立つ場所で死のうとしたのか？

翌朝、〝醜いおっさん〟が首を吊って死んでいる姿を見せられる通勤や通学の人たちの気持ちを考えろよ、と言いたくもなる。本当に想像力が欠如した男だ。

遊具の前に行き、静かに声をかける。

「吉野さん？」

その声で吉野さんがハッと驚き、振り返る。

「本当に来てくれたんですか……」

「ええ。もう大丈夫です。なんであんなことをしたのか。私に話してくれませんか」

「はい……」

おっさんの話から全容がわかった。要するに、宮間が俺を貶めようとしたということだ。だから、あいつは突然生配信をやりたいなどと提案してきたのか。俺に歯向かうなんて本当に生意気な野郎だ。

「吉野さん。自首してください」

その言葉に、おっさんは目を伏せた。

「自首をしたら、宮間から命じられて、生配信中に刺しただけだと証言してください」

「え？　いや、でも……宮間先生は脅せとは言いましたが、本当に刺せとまでは」

「いいえ。刺すことまで命じられた。そう言えばいい。あとは私に任せてください」

「は、はい……」


それから、俺はおっさんを連れて、この警察署にやってきた。そして出頭させた。

宮間が動く前に、先手を打ってやった。

さあ、ここからあいつに地獄を見せてやる。俺に歯向かった罰だ。

――宮間の場合

目覚めると、まだ夜明け前だった。ハッと、ベッド脇に置いてある棚の上を見た。

名刺が二枚置かれている。昨日ここに来た二人組の刑事の名刺だった。夢じゃなかったのか……。

昨夜は、刑事から執拗に嘘偽りなく真相をすべて話すようにと何度も促された。まるで、僕のほうが嘘を言っているかのような口ぶりだった。なぜ、吉野さんは僕からナイフで刺すよう頼まれたなんて言ったのか……。

僕は刑事さんたちに「真相はそうではない。ただ脅すよう頼んだだけだ」と説明し、そんな行動に出た経緯も話した。滝口の悪行を生配信中に暴いてやりたかったのだと。

だが、刑事さんたちは、その話には半信半疑な態度を見せた。

そんな回りくどいやり方をするものだろうか？と。

僕は必死に、その逆だと説明した。回りくどいかもしれないが、それぐらいのことをしなければ、口がうまい滝口を負かすことはできないのだと。

話し合いは平行線のまま、翌日また話を聞きに来る、と立ち去っていった。

また今日、あの刑事さんたちと話すと思うと、吐き気が襲ってくる。それから、眠れないまま時を過ごした。面会可能時間になると、病室のドアをノックする音がした。もう来てしまったか……。

「どうぞ……」

力ない声でそう口にすると、ゆっくりとドアが開いた。

そこに立っていたのは渚だった。

「渚……？」

「大丈夫……？」

「あ、うん。来てくれたんだ……」

「うん……。ニュースで知って心配になって」

正直、この時点で泣きそうだった。

僕のことが心配で病室に来てくれたなんて。グッと涙をこらえて話を続ける。

「あ、そこに座って」

「うん……」

渚がベッドの前に置いてある丸椅子に腰をかけた。

「びっくりしたよ……。まさか来てくれるなんて思っていなかったから……」

「怪我は？　大丈夫なの？」

「うん、大丈夫だよ。ほんと、大変な目に遭っちゃって」

「そのことなんだけど。これ……」

渚が携帯画面を見せてきた。ネットのニュース記事が載っている。

〝自作自演!?　売れっ子脚本家がまさかの殺人指令か!?〟の見出しが踊っている。

「え……？」

「朝からニュースになってて……。みんな騒いでて……」

「みんなって？」

ニュース記事のコメント欄に目を向けると、何百件もコメントがついていた。

宮間、まぢキ◯ガイ。

死んでくれ。

生配信中に刺せとか、かまってちゃんすぎ。


コメントのほとんどは、僕への誹謗中傷だった。

「ちょっと待って。渚、こんな記事デタラメ……」

「わかってる。竜くんがこんなことするわけないって。だから私、心配で来たの。本当は何があったのかなって……」

「渚……」

それ以上、言葉が続かなかった。今度はこらえきれず涙がこぼれた。

「教えて。何があったの？」

僕はうなずくと、渚にすべてを話した。今まで滝口にさんざんやり込められてきたこと。吉野さんも滝口の口車に乗せられて、有頂天になってしまっていたこと。その吉野さんを説得して、一緒に滝口の悪行を晒そうとしたことを。

「じゃあ、生配信中に吉野さんが裏切って、本当に刺してきたってこと？」

「うん……」

「なんでそんな危険なこと……」

「たぶん、吉野さんは死のうとしていたんだと思う」

「え？」

「刺した後、言っていたんだ。『俺と一緒に死んでください』って……」

「自分一人じゃ死ねないからって、竜くんを道連れにしようとしたってこと？」

「そうかもしれない」

「何それ……。じゃあ、なんで結局自分は死なないで、今になって竜くんに指図されて刺したなんて証言をしているの？」

「わからない……。怖くなって責任逃れしようとしているのかも」

「最低……。なんなのその人」

「もともと、僕が変なこと頼んで追い詰めたのが悪かったんだ……」

「だからって、竜くんを殺そうとするなんて、許されることじゃない」

「そうだけど……」

「ちゃんと警察の人には、本当のこと言ったの？」

「言ったよ。でも、なんかこっちを疑うような態度で……」

「もう一回ちゃんと話したら、わかってくれるって」

「うん。今日また来るっていうから、ちゃんと話すよ」

「このままじゃ、竜くんが悪者になっちゃうよ。そんなの……そんなの絶対許せない」

「……ありがとう」

渚が目を潤ませていた。自分のために、ここまで本気になってくれることが嬉しかった。変な話かもしれないが、こんな事件に巻き込まれて唯一よかったのは、またこうして渚と再会できたことだ。それに今、渚は自分の味方でいてくれている。

そんなことを思っていた時だった。携帯画面を見ながら「あ」と渚が声を出した。

「どうしたの？」

「これ……！　滝口さんが緊急会見を始めてる」

「は？」

渚が携帯画面を見せると、中継の文字とともに動画ニュースが流れていた。

ＴＶには滝口が映っている。

「このたびは、私がプロデュースした番組内で大変な事件を起こしてしまったことを心からお詫びいたします。なぜこのようなことが起きたのか。弊社のほうで調査した結果、宮間くんが吉野さんへ生配信中に行う構成台本を渡していたことが判明し、それを入手いたしましたので、ここで発表させていただきます」

そう言うと、滝口が紙を取り出した。

「あの時、吉野さんに渡したやつだ……」

「え？」

「生配信前に、当日の段取りを書いて渡したんだ」

携帯画面の中でライブ映像が続いている。

「この中に、吉野さんがナイフを取り出した後、暴れるように指示が書かれてあります。そして、自分を刺すようにと書かれていました」

書かれている内容が映るよう、紙をカメラに向けた。大量のフラッシュが焚かれているのがわかる。

「嘘だろ……」

渚がこっちを見ている。

「違うよ。そんなこと書いてないって！」

「じゃあ……これって？」

画面の中で滝口がかすかに笑ったように見えた。そうか、そうだったのか。吉野さんに自首をさせて、すべて僕に命じられたことだと証言するように言ったのは、この男だ。

画面の中の滝口をにらみつける。

その時、ノックの音がした。返事もしないうちにドアが開き、昨日の二人組の刑事が入ってきた。取り調べはこれからだというのに、すでに喉はカラカラだった。

――滝口の場合

テレビ局の喫煙ルームで、タバコを吸いながら携帯画面をスクロールしていると、自然と笑みがこぼれる。

緊急記者会見は成功した。ネットの記事の中身は、一連の事件は〝宮間の自作自演〟だとする論調ばかりだ。それに追随するように、記事のコメント欄は、おっさんをかばい、宮間を断罪する書き込みであふれている。

そもそも、「リアリティドラマ」の配信時から、宮間の印象は悪かった。それを利用して、さらに宮間を貶めることに成功した。この先、宮間がどう反論しようが、一度でき上がったイメージ像を変えることは容易ではない。むしろ、反論すればするほど、火に油を注ぐ結果となるだろう。宮間は世論によって粛清された。二度と浮上することはない。俺に歯向かった罰だ。

しかし、これですべての問題が解決できたわけではない。自分の番組内で刺傷事件を起こしてしまった汚点は消えない。あとはこれをどう挽回するかだ。

最後の一服を深く吸い込むと、喫煙ルームを出た。

「失礼します」

大会議室にはドラマ室長と編成局長が座っていた。席に着くなり、編成局長が口を開く。

「とんでもないことをしてくれたな」

「申し訳ございません」

「いくら宮間が仕向けたこととはいえ、番組責任者はお前だ。『リアリティドラマ』を作らなければ、こんなことにはならなかったと、視聴者から何件も苦情の電話が入っている」

「申し訳ございません」

続いて、ドラマ室長が口を開く。

「滝口。当然のことだが、『リアリティドラマ』の企画は終わりだ。ドラマの制作も行わない。キャスティング済みの事務所には、お前から一報入れておけ。追って、俺たちも謝罪に向かう」

「いいえ。それはできません」

「は？」

「『リアリティドラマ』企画は継続します」

「何を言っているんだ?」

「でき上がっている脚本をもとに、ドラマを予定どおり制作します」

「おい、滝口——」

「事件を起こしたことは、大変申し訳なく思っております。しかし、これで日本中の人たちがこの『リアリティドラマ』の存在を知ったことは確かです。放送すれば、高視聴率は間違いありません。それをみすみす逃すなんて、テレビマンとしてできませんよ。室長たちは視聴率がほしくないんですか?」

その言葉で室内の空気が変わったのを感じる。俺の意見に一理あると思ったのだろう。ここまで来れば、あと一押しで落とせる。

「お前の意見もわからなくはないが、そんなことスポンサーが許すわけないだろ」

言い負かされているのを悟られぬためにか、編成局長が語気を強めて言い返してきた。だが、これも想定内の反論だ。

「そこを調整するのは営業の仕事ですよ。彼らに頭を下げさせて、なんとしても放送にこぎ着けるべきです」

「事件になったんだぞ。どう調整しろって言うんだ?」

「簡単ですよ。今、視聴者の多くは吉野さんへ同情的です。あんなことをしても仕方なかった。無理もない。悪いのは追い詰めた宮間だって。その心理を利用して、吉野さんが追い詰められながらも必死に書き上げた脚本を、我々テレビ局は無駄にはしたくない。日の目を浴びさせたい。そう大衆を引っ張ればいいんです」

「そんなことできるのか……？」

「ええ。自分に任せてください」

――宮間の場合

「だから、何度もそう言っているじゃないですか」

思わず声を荒げた。若いほうの刑事が苛立ちの表情を浮かべたのがわかる。

「ナイフを持たせて暴れさせるだけだった？　本当にそれだけ？」

「そうですって。自分を刺せだなんて、ふつうお願いしませんよ。死にたいと思っていたわけでもないのに」

「そうとも言い切れないんじゃないですかねぇ」

年配刑事のほうが割って入ってくる。若手刑事より物腰は柔らかだが、常に言葉に毒を含んでいるように感じる。一番心を開いてはいけないタイプの人間だ。

「渚さんでしたっけ？　さっきここで一緒にいた女性」

「え？　いや、そうですけど……。渚がなんだっていうんですか？」

「仕事のことですれ違って、別れたそうですね」

その言葉で急に背筋がゾッとした。そんなことまで調べてきているのか。

「仕事もうまくいかず、彼女とも別れ、自暴自棄になっていた。死んだってもうかまわない。だったら、最後に自分を貶めた滝口さんに復讐して終わらせる。そう思ったとしても、不思議はありませんよね？」

「何を言っているんですか……。僕はそんなこと！」

「今日のところはもういいでしょう。また明日来ますよ。お大事に」

そう言うと、若手刑事を引き連れ、病室を出ていく。ドアが閉まる瞬間まで、若手刑事は僕の目をジッと見ていた。

自然と息を止めていたからか。刑事さんたちが去った後、息苦しくて何度も息を吐いた。

まずい……。このままじゃ、ネット記事で出回っているとおり、〝自作自演で刺された男〟になってしまう。なんとかしなければ……なんとか……。

その時、病室のドアが開いた。刑事さんたちが戻ってきたのか？　ハッとドアを見た。

「渚……」

入ってきたのは渚だった。

「大丈夫だった？　ちゃんと話せた？」

「……」

「竜くん……？」

「……」

渚から顔を背け、目を伏せた。とめどなく涙があふれてくる。こんな情けない顔を渚には見せたくない。後ろから渚の手が伸びてくるのが見えた。優しく包まれる。

「大丈夫。私はちゃんとわかっているから」

泣きながらうなずいた。こんな情けない男のそばにいてくれる人がいる。それだけが、今の僕の救いだった。


病室を出て、渚と二人で休憩所に来ていた。

「気分転換をしよう」

渚が気をきかせてそう言ってくれたからだ。刑事たちから問い詰められたあの病室にいたのでは、気が滅入るだけだと思ってくれたのだろう。こういうところも、本当に機転がきく女性だ。

「私からも刑事さんに話してみる」

「ごめん……。変なことに巻き込んじゃって」

「謝るのは私のほうだよ」

「え？」

「ううん。今回の一件で、竜くんがどんなひどい人の下で仕事していたのかわかった」

「……」

「何も知らないで、私、竜くんの仕事に口を出してた」

「それはこっちが何も言わなかったからだよ。もっと早く言えばよかった。でも、プライドみたいなものもあって。いいように使われていて、カッコ悪いって思われたら嫌だと思って……言えずにいた。ごめん」

「私、滝口って人、許せない」

「そりゃ俺だって……」

「自分が悪かった。そう言わせてやろうよ」

「え？」

「刑事さんたちにわかってもらったとしても、このままじゃ、世間的に悪いのは、竜くんと吉野さんの二人だけで終わっちゃうよね？」

「そうかもしれないけど……」

「そんなことさせない」

「でも、どうやって？」

「竜くん、脚本家でしょ。書いてよ。これから先の逆転ストーリー」

渚が真剣な目で僕を見つめている。瞳の奥に強い意志を感じ取った。それが不思議と、僕の自信につながっていくのがわかる。

そうだ、このまま終わらせるものか。最高のストーリーを書いてやる！

――滝口の場合

「日頃、『リアリティドラマ』を観てくださっている視聴者の皆さま。このたびは本当に申し訳ございませんでした。番組内で起きたことの責任は、すべてプロデューサーである私にあります。〝リアリティ〟を追求するあまり、出演者の宮間さんと吉野さんには、精神的に多大な負担をかけてしまったと猛省しております」

ここまで口にすると、ふーっと息をゆっくり吐いた。自身も精神的にまいっているという〝演出〟の一つだ。

カメラの前で神妙な顔をして、言葉を続ける。

「宮間さんと吉野さん、二人がここまで紡いできた脚本はほぼ完成しており、あとは撮影するのみとなっております。もちろん、このような事態となり、撮影中止の決断も頭をよぎりました。しかしながら、二人が追い込まれながらも作り上げた脚本を、ぜひオンエアして視聴者の皆さまの目に届けたい。不謹慎ながらも、私はそのように思っております。しかしこれは、私一人の判断では決定できません。視聴者である皆さまの〝観たい〟という声が多かった場合、撮影に舵を切りたいと思っています。どうか、皆さまの声をお届けください。よろしくお願いいたします」

カメラの前で深々と頭を下げたところで、この撮影は終わった。

テレビ局の駐車場へと向かっていた。あの謝罪動画がどこまで反響があるかはわからない。だが、今この「リアリティドラマ」が一つのエンターテインメントになっていることは、まぎれもない事実だ。この番組をここまで押し上げたのは、他でもない宮間だ。あいつが番組内で刺されたことで、一気にこの番組の知名度が上がった。ふっと笑みがこぼれる。

ほんとバカな男だ。俺を貶めようとした結果がこれだ。すべては俺の手のひらで転がされている。

駐車していた車の前で足を止めた。

「なんだよ、お前」

宮間が車の前で立っていた。宮間はジッと俺を見ている。

「絶対あんたに、同じ苦痛を味わわせてやる」

今まで聞いたことのない、絞り出すような声だった。

「やってみろ。徹底的に潰してやる。邪魔だ、どけ」

その場から動こうとしない宮間を押しやると、車のキーを開けて中に乗り込んだ。宮間がまだ俺に視線を向けているのを感じる。エンジンをかけると乱暴に車を出した。バックミラー越しに宮間を見る。いつまでも俺をにらみつけていた。

――吉野の場合

「はい、お疲れ！」

この日、滝口さんと三度目となる乾杯をした。滝口さんはすでに酔っ払っていて目が据わっている。

「ほんとさぁ、吉野さん、ほんとよくやってくれたよ。マジでさ」

いつもは俺に敬語を使っているが、この日は二度目の乾杯をしたあたりから、タメ語に変わっていた。

「ああ、はい……。ありがとうございます」

俺は、というと、まったく酔えずにいた。宮間先生を刺したとして警察に自首したものの、逃亡の恐れもなく、何より刺された宮間先生自身の処罰感情がなかったため、たいした罪に問われることもなく、今こうして外で飲むことができている。だが、本当にこれでよかったのだろうか？　そんなことを考えていると、若い女が二人やってきた。

「滝ちゃん、お疲れさま～」

「おう、かれん。座れよ。お前はこの人の隣な」

「はーい。失礼しまーす。ゆいなですー」

そう言うと、髪をクルクルと巻いた派手な化粧の女が俺の隣に座った。ここが〝ラウンジ〟と呼ばれる場所か。こんなところに来たこと自体初めてのことだが、そもそもこの場所がある西麻布に来たことも初めてだった。

隣では滝口さんが饒舌に女としゃべっている。かなり常連なのだろう。

「なぁ、お前ら、このおっさん見たことあんだろ？」

おっさん!?　いつの間に、おっさん呼ばわりされていたんだ？

「ある！　吉野さんでしょ」

「すごーい、本物だぁ」

女たちは手をたたきながら俺を見て笑っている。動物園の檻の中にいる気分だった。女たちが盛り上がれば盛り上がるほど、なぜか自分の気持ちが冷めていくのがわかる。

「来週オンエアな。お前らぜってー観ろよ」

「みるみる。ゾンビが出てくるやつでしょ」

そう、俺はいよいよ来週、脚本家デビューする。すべては滝口さんの目論見どおりになっていた。撮影の可否を視聴者に預け、たった一晩で〝観たい〟の多数の声を得た。〝観たくない〟、〝今すぐ中止しろ〟という声もそれなりにあったが、〝観たい〟の声に圧倒され、かき消された。それから予定どおり撮影に入り、先週末に編集も終わり、あとはオンエアを迎えるのみとなっていた。

だが、無事撮影までこぎ着けた脚本は宮間先生が手直ししたものであることを、みんなは知らない。それだからなのか？　念願の脚本家デビューを前にしても、心が晴れないのは。

「吉野さん？　次、何飲みます？」

隣の女がそう声をかけてきた。名前は何と言ったか？　数分前に耳にしたばかりなのに、もう覚えていない。

「あ、じゃあ……同じので」

酒を飲めば、このモヤモヤは消えるのだろうか。


自宅に帰ったのは深夜2時を過ぎていた。玄関に入るなり、転がるように倒れた。

「純くん？　大丈夫？」

目の前にある朋子の顔を見て、愛おしさが込み上げる。ラウンジで会った名前も覚えられない若い女なんかよりも、数段いい女だ。こんな俺に〝愛情〟を持って接してくれるのは、もはや朋子しかいない。この女だけは裏切れない。裏切ってはいけない。それだからなのか、もしくは言っていいことと悪いことの判断がつかぬほど酔っ払ってしまったからなのか。俺は朋子に言った。

「俺が書いたんじゃないんだ……。あの脚本は……俺が書いてない……」

その時、朋子がどんな顔をしたのかは覚えていない。いや、そうじゃない。本当はただ怖くて顔を見れなかっただけなのかもしれない。


翌日。ベッドの上で目覚めた。昨夜あれから朋子とどんな話をしたのか、なんて聞かれたのか、なんと答えたのかも覚えていない。だが、胸のモヤモヤが消えていると感じたことでわかっていた。俺は朋子にすべてを話したのだと。

「朋子……？」

いないのをわかっていて、そう声を出した。

朋子はこの家から、俺の前から、いなくなった。


これからどうするべきか？　近所の公園で菓子パンを食べながら、この先の未来をぼんやりと思い描いてみたが、すぐにかき消した。みじめで不幸な未来しか思い浮かばなかったからだ。ため息がこぼれる。

ポケットの中でスマホが鳴った。見知らぬ番号からだった。

電話に出ると、若い女の声がした。

「あ、もしもし。今、大丈夫ですか？」

昨夜会ったラウンジの女だろうか。

――滝口の場合

いよいよオンエア当日を迎えていた。オンエアは夜の21時から23時までの2時間番組だ。オンエア当日はいつもバタバタしている。主演俳優は朝から情報番組をハシゴしての番宣活動、いわゆる電波ジャックを行う。プロデューサーはそのすべてに付き添う。

その他にも、今回は「リアリティドラマ」から生まれたドラマということで、20時からオンエアまでの間、このドラマの脚本が生まれた場所であるおっさんのアパートから、ネットで生配信して執筆の苦労などを語ってもらうことになっていた。

オンエア前の生配信は番宣の一環として決まっていたものの、どうせなら自分の部屋から生配信をしたいと言い出してきたのはおっさんだった。

悪くないアイデアではあったが、一つだけ気がかりがあった。宮間だ。

テレビ局の駐車場で俺を待ち伏せし、宣戦布告してきたあいつの顔が忘れられずにいた。きっとあいつは何かしでかすに違いない。そんな予感がしていた。そして、何かしでかすとしたら、一番注目が集まるオンエア日の可能性が高いと踏んでいた。

夕方の情報番組での電波ジャックを終え、主演俳優の見送りを済ませると、タクシーでおっさんのアパートへと向かった。そして、予感は的中した。

「滝口さん！　何度も宮間先生から電話が」

部屋に入るなり、おっさんは青ざめた様子でそう口にした。

「電話には？　出たんですか？」

「はい、一度だけ……」

「なんて？」

「提案されました。配信中に自分も乱入させてくれって」

時計を見た。配信開始まであと10分。きっと宮間はこの家の近くにいる。

「わかりました。携帯はもう電源を切って。あいつのことは私に任せてください」

「はい……。本当に大丈夫でしょうか？」

「大丈夫ですよ。『リアリティドラマ』は今日のオンエアをもって終えるんです。余計な邪魔は絶対にさせない」


アパートを出ると、周囲に目を光らせた。

どこだ？　どこに隠れている？

電柱の陰に人が立っているのが見えた。見つけたぞ。

俺が走り出すと、人影が電柱から飛び出した。

角を曲がり、路地裏へと逃げ込んでいくのが見える。絶対に逃がさない。必死で後を追うと、住宅街の行き止まりで立ち往生している宮間が見えた。どこまでも間抜けな男だ。

「おい。何してんだ?」

「……」

「オンエアを潰そうとでも思ったのか?」

「……すべてあんたのいいようにはさせない」

「で、生配信に乱入計画か? バカか、お前」

「うるさい!」

「乱入してどうするつもりだったんだ?」

「そんなの決まってんだろ。他人の人生をもてあそぶあんたのやり口を暴露してやるんだよ!」

「お前はわかってねえな。もてあそばれるほうが悪いんだよ」

「違う。あんたがやっていることは、ただのパワハラだ。僕ら、若手脚本家にとって、プロデューサーは仕事を与えてくれる大切なクライアントだ。どんなに無茶なオーダーでも、必死で食らいついて認めてもらえなければ、すぐにクビを切られ、二度とオファーされることはない。だから、いつだってあんたの言うように働いてきた。一晩で書き直してこいと言われれば寝ずに書き続けてきたし、その原稿を『つまんねえ』の一言で破られても文句一つ言わないできた。今、自分が脚本家でいられるのは、あんたに仕事がもらえているからだって……。そう思って……。でも間違ってた。俺はあんたの奴隷じゃない！」

「何言ってんだ、お前」

心底笑いがこみあげてきた。こんなバカと一緒に仕事をしていたかと思うと反吐が出る。と、その時、宮間がポケットからナイフを取り出した。

「どけよ。どかないと刺す」

「お前、ほんとナイフが好きだな」

「どけって。こっちは本気だ！」

「やってみろ。ほら、刺せよ！　お前にできんのか!?」

ナイフを持つ宮間の手が震えている。ナイフを持っているほうがビビってるって、どういうことだよ!?　ほんとダセェ男だ。

俺は一歩宮間に近づくと、ナイフを持つ手を振り払った。地面にナイフが落ちる。拾い上げると、それはおもちゃのナイフだった。

「いい加減にしろよ。お前」

宮間の胸ぐらをつかむと、思いっきりぶん殴った。その勢いで宮間が地面に倒れこむ。すぐさま馬乗りになって、宮間を見下ろす。

「おまえの代わりなんて腐るほどいるんだよ。勘違いしやがって。俺にすることは歯向かうことじゃねえだろ。感謝して、言うとおりに俺の手足となって動くことじゃねえのか？　それがお前を脚本家にしてやった俺への恩返しってやつじゃねえのか？　なぁ？　そうだろ？　なぁ！」

そう言いながら、俺は何度も宮間を殴りつけた。後で誰に何を言われようと、ナイフを取り出したことで抵抗した正当防衛だと主張すればいい。こんな男の言い分など、一瞬で揉み消せる。

「何が……リアリティだ……あんな番組ウソだらけだ……」

「黙れ。うぜえ、消えろ、俺の邪魔すんな」

怒りに任せて宮間を殴り続けていると、あれだけ威勢のよかった宮間がグッタリとなった。

ゆっくりと立ち上がる。宮間は小さなうめき声を上げている。

「残念だったな。今回もまた暴露できなくて」

そう言い捨てると、俺はその場を立ち去った。

22時50分。テレビ画面の中でエンドクレジットが流れている。長かった「リアリティドラマ」が今、終わろうとしていた。

俺はそれを、六本木にあるシティホテルのベッドの上で見ていた。隣には、西麻布のラウンジ嬢、かれんがいる。「リアリティドラマ」のオンエアを一緒に観る約束をしていたのだ。

「ねぇ、思ったよりおもしろかったんだけど」

「思ったよりって、なんだよ」

「だって、あのおじさんが書いたんでしょ？　もっと変な話かと思ってたから」

かれんの話を聞きながらも、俺はスマホのＳＮＳでドラマの感想を拾い上げていた。ほとんどは、かれんと同じ感想だった。だが、それよりも多い感想が、「このドラマがどうでき上がったのかを知った上で観れたぶん、楽しめた」というものだった。

これも俺の目論見どおりだった。ＳＮＳのトレンドは国内はもちろん、世界でも1位を獲得する盛り上がりを見せた。大成功と言ってよかった。

「もう一本シャンパン開けるか」

俺がベッドから出て冷蔵庫へと向かったその時、かれんが「え」と声を上げた。

「どうした？」

「なんか『もう一つのリアリティドラマ』っていうのが盛り上がってるんだけど」

そう言うと、かれんが俺にスマホを向けた。

「は？」

かれんのスマホを取り上げると画面を見る。そこに映っていたのはほかでもない、俺だった。

「なんだよ？　これ」

画面をタップすると、動画サイトへと飛ぶ。

「もう一つのリアリティドラマ」と題されたチャンネルが開設されていた。そこには、宮間とおっさんが映り、〝本当のドラマの裏側をお見せします〟と題されたサムネが載っていた。

いったい何が起きているのか？　この目で確かめなければならない。動画を再生した。

動画の始まりは、テレビ局の駐車場からだった。宮間が俺に宣戦布告をしてきたあの場面だ。俺が車を走らせ、その姿が見えなくなると、固定してあったカメラが動き、宮間がカメラ目線で話し始めた。

「これから、みなさんに『もう一つのリアリティドラマ』をお見せしていきたいと思います。このドラマ制作の裏で、本当は何が起きていたのか？　それを包み隠さずお見せします」

急激に血の気が引いていくのがわかる。

俺はあいつに、宮間にまんまとハメられたのか？

――宮間の場合

住宅街の路上に倒れ、意識は朦朧としていた。

「残念だったな。今回もまた暴露できなくて」

立ち去っていく滝口の後ろ姿がぼんやりと見えた。

「イッテェ……」

起き上がろうとするも、うまく力が入らない。

そこへ、カメラを手にした渚が駆けてきた。

「大丈夫!?　竜くん！」

「ああ……。そっちは……？」

「ちゃんと最後まで撮った。もう本当に心配で……途中で出ていこうかと思ったよ」

渚が泣きそうな顔を見せた。

「ごめん……。でも、これであいつは終わりだ」

オンエア終了と同時に、動画チャンネルを開設して「もう一つのリアリティドラマ」と題した動画をアップすることを決めていた。その動画のクライマックスで、滝口の本性を引き出すことが最終目的だ。

そのためにも、吉野さんを味方につける必要があった。だが、僕から連絡したところで、吉野さんは応じない。だから、渚から連絡を取ってもらうことにした。

渚からの連絡を受けて、僕と吉野さんと渚の三人で会った。そこで僕は、吉野さんがした行為はすべて許す。だから、もう一度だけ協力してくれと頼むと、滝口を貶めるための〝脚本〟を披露した。

まず、僕が滝口に宣戦布告をする。そうすれば、滝口は必ず僕を警戒するようになる。その後、吉野さんにオンエア当日に自宅から生配信したいと提案してもらう。そうすることで、僕を警戒している滝口は吉野さんのアパートへやって来る。

滝口がアパートに着いたところで、吉野さんには「生配信に乱入したい」と僕から連絡があったと言わせる。邪魔させまいと、滝口は躍起になって僕を探すはずだ。

そのとき、僕はあえて滝口に姿を見せて、撮影しやすい人けのない場所まで導くと、その場で滝口を焚きつけて、自らの口で今まで自分がしてきたことを暴露させる。

こうして、滝口を自滅させること。それがあいつの最後にふさわしい脚本だと思った。

吉野さんはこれに賛同し、僕たちの味方についてくれた。

一つ誤算だったのは、滝口が暴力を振るってきたことだ。僕がナイフを出した〝演出〟により、滝口に一、二発殴られることは覚悟していたが、まさかあれほどまでに殴られるとは思ってもみなかった。


救急病院で手当を受け、診断書をもらうと待合ロビーに向かった。

僕の姿を見るなり、渚が声をかけてきた。

「竜くん！　滝口、逮捕だって」

渚がスマホを差し出す。そこには、六本木のシティホテルにいた滝口が暴行罪で逮捕されたとの記事が載っていた。

渚を見てニヤリと笑った。渚も僕を見て笑った。通報したのは渚だった。

住宅街で暴行を受けた後、僕をタクシーに乗せて救急病院へと向かわせると、渚は一人で滝口の動向を追った。用心深い滝口は、ネットの生配信が終わるまで、吉野さんのアパート前で僕が戻ってこないか見張っていたという。その後、六本木のシティホテルへと消えたことを確認すると、警察に暴行犯が逃げたと通報したのだった。

「すごい勢いで再生数が伸びてる」

僕たちが作った「もう一つのリアリティドラマ」は、世界トレンド1位を獲得した本家の「リアリティドラマ」の勢いに便乗する形で、ぐんぐんと再生数を伸ばしていた。

動画のクライマックスで流れる滝口の暴言の数々……。

今まで僕に、そして、吉野さんに何を言ってきたのか、一番悪いのは誰だったのか、これで明らかになった。コメント欄は滝口への誹謗中傷であふれている。

あれほど僕一人に向けられていた誹謗中傷の数々が、今度は滝口に向けられていた。完全に標的は僕から滝口へと移り変わったのだ。

それはどこか複雑な気持ちでもあったが、とにかくこれで終わったのだ。今回の一連の騒動によって、僕は新進気鋭の脚本家としての地位と名声を失った。今後は完全にイロモノ扱いを受けるだろう。でもそれでいい。代わりに手に入れたものがある。それは、どんなときでも、絶対に失ってはいけない〝自尊心〟と〝愛〟だ。

「大丈夫？　歩ける？」

「うん」

渚に支えられながら、僕は病院を後にした。

エピローグ

一ヶ月後――。

僕は恵比寿にあるカフェで、吉野さんと会っていた。

「先生、本当に今まで申し訳ありませんでした」

「もういいですって。謝らないでくださいよ」

「はい……。あの、滝口さんって、あれから？」

「噂では会社をクビになったそうですよ。今はどこで何をしているのか……」

「そうですか……」

「吉野さんは？　これからどうするんですか？」

「定職に就こうと思っています。この歳になって、やっと就活を始めました」

そう言うと、吉野さんは照れ臭そうに笑った。でも、その表情はなんだか清々しく見えた。

「彼女がいるんです」

唐突に、そう吉野さんが口にした。

「そうだったんですか」

やはり家にあった、あのピアスは彼女のものだったのか……。

「ま、彼女って呼ばせてもらってはいますが、僕があと三ヶ月以内に定職に就かなければ絶対に別れるって脅されていまして。期限付き彼女だって」

笑って口にする吉野さんにつられ、僕も笑ってしまった。

「先生は？　これからどうするんですか？」

「僕は……書き続けます。まだ書いてみたいことがたくさんあるので」

「そうですか。先生の新作、待っています！」

「ありがとうございます」

その時、吉野さんの携帯電話が鳴る。

「あ、ヤバ。彼女だ。ちょっとすみません」

そう言うと、吉野さんが素早く電話に出た。

「もしもし？　え？　今、面接終わって、これからまた違う会社に。いやいや、サボってないよ。ほんとだって」

つい数ヶ月前まで、あれほどギスギスしていた僕と吉野さんだったが、今はなんだか戦友のような気分でいた。僕は吉野さんに目で合図すると、先にカフェを出た。


家に戻ると、パソコンを広げた。ワードファイルを開き、書きかけの小説を呼び戻す。

今、脚本家を主人公にしたサスペンスものを執筆している。専業作家で食べていくのは、脚本家よりも難しいといわれている。それでもまだ、書きたいことがある限り、筆は折らない。

「はい、がんばってね」

温かいコーヒーが入ったカップがデスクに置かれた。渚だ。

来月には一緒に暮らすことになっている。

「ありがとう」

コーヒーを一口飲むと、パソコンに向かった。

軽快にパソコンのキーボードを叩いていく。その音を、今はとても心地よく感じている。


（おわり）

あとがき

脚本家になって今年で18年。何か新しいことにチャレンジしてみたくて、初めて小説を書いてみました。物語を作るという意味では、脚本も小説もそう違いはないと思いチャレンジしましたが、〝地の文〟を書くのに苦労しました。小説や脚本を小説に起こしたノベライズ本を見たりして、ここはこうやって書くのか～などと、一から勉強しながら書き進めていました。拙い小説をお読みいただいた読者の皆さまには感謝しかありません。ありがとうございます。

とはいえ、新しいことにチャレンジしたことで刺激され、創作意欲が増したように感じています。まだ物語を作る〝作家〟としてやれる幅があるのだと痛感し、もっと勉強して自分にしか書けない物語を書いていきたいです。

私の主戦場は、映像脚本であるドラマや映画にはなりますが、また機会があれば小説や舞台脚本などにもチャレンジしていきますので、今後もどこかで私の名前を見ることがありましたら、ちょっとでも覗いていただけたら幸いです。

二〇二三年

脚本家　徳永友一

〈初出〉「DVD&動画配信でーた」20年4月号～21年5月号
単行本化にあたり、加筆・修正を行いました。

徳永友一　とくなが ゆういち

脚本家。05年、テレビドラマ「電車男」第6話で地上波デビュー。その後、コメディ、サスペンスとジャンルを問わず多数の作品を手がける。映画『翔んで埼玉』（19）で第43回日本アカデミー賞最優秀脚本賞を受賞。23年は、続編となる『翔んで埼玉 ～琵琶湖より愛をこめて～』（11月23日公開）や、ドラマ「ONE DAY～聖夜のから騒ぎ～」の脚本を務める。

カバーイラストレーション
岡野賢介
ブックデザイン
浅妻健司
校閲
石塚圭子

未《み》成《せい》線《せん》
崖《がけ》っぷち男《おとこ》たちの逆《ぎゃく》襲《しゅう》

2023年11月14日
第1刷発行

著者　徳永友一

発行者　五十嵐淳之
編集人　佐藤英樹
編集　南里仁美
発行　株式会社ムービーウォーカー
〒102-0076 東京都千代田区五番町3-1
五番町グランドビル 3F
発売　株式会社KADOKAWA
〒102-8177 東京都千代田区富士見2-13-3
印刷・製本　大日本印刷株式会社

内容に関するお問い合わせ
https://moviewalker.co.jp
製造不良品につきましては下記の窓口にて承ります。
0570-002-008（KADOKAWA購入窓口）

ISBN978-4-04-000660-4 C0093